사르비아 총서 · 406

# 한시(漢詩)가 있는 에세이

정진권 지음

범우사

# 차 례

4

이 책은 저자가 한시(漢詩) 한 편씩을 소재로 삼아 쓴 수필들을 모아 엮은 것이다. 저자는 지금까지 적잖은 수필을 써 왔지만 이 글들도 착상이 아둔하고 문장이 산만하기로는 전자와 다름이 없을 것이다. 그러나 저자는 이 글들을 쓸 때 온 정성을 다했다.

이제 저자는 우선 이 책이 세상에 나오게 된 저간의 사정을 잠시 말해 두고자 한다. 저자는 이렇다 할 공부도 없이

《한시를 읽는 즐거움(학지사, 1997)》
《고전시를 읽는 즐거움(학지사, 2001)》

이라는 두 책을 낸 일이 있다. 앞의 책은 우리 한시를, 뒤의 책은 한시를 포함한 우리 고전시(古典詩; 향가, 가요, 시조 등)를 번역, 평설, 주석한 것이다. 이 가운데 평설은 그 시에 대한 저자의 감상을 적은 것으로 모두 2, 3매 정도의 짧은 글이다. 앞의 책이 나온 얼마 후, 저자는 이 짧은 평설을 참고

해서 다시 수필을 썼는데 마침 은사 진태하(陳泰夏, 명지대 교수) 선생의 권유가 있어 이를 〈漢詩가 있는 에세이〉라는 이름으로 월간 《한글＋漢字 문화》에 연재하게 되었다. 그런데 뜻밖에 이 연재물이 수필가 윤형두(尹炯斗, 범우사 대표) 선생의 눈에 뜨이었다. 윤 선생은 이 글들을 책으로 내자며 원고를 수정, 보충할 충분한 시간을 주겠다고 했다. 저자는 윤 선생의 그런 호의에 감사하며 이미 발표한 글을 고치고 모자라는 분량을 보충하는 데 작년 한여름을 다 바쳤다. 그 동안 이 작업에 관심을 기울여 준 수필가 박연구(朴演求, 에세이 문학 발행인) 선생의 우정은 저자에게 큰 격려가 되었다. 이 책은 이렇게 해서 못난 모양으로나마 세상에 나오게 된 것이다.

　이 책은 세 부분으로 되어 있다. 첫째 부분인 "하늘은 어찌하여 말이 없는가"는 고조선과 삼국시대, 둘째 부분인 "그림 같고 시 같은 마음이면"은 고려시대, 그리고 셋째 부분인 "함부로 떠날 일이 아니다"는 조선시대의 한시를 소재로 한 글들이다.

　이 책에 실린 글들에는 다 그 하단에 간략한 주석을 달아 놓았다. 이것은 그 인용된 한시의 지은이와 그 원문을 이해하는 데 도움을 주기 위한 것이다. 그러나 이것만으로는 부족할 듯하여 그 원문 끝에 다음과 같은 표시를 해 두었다.


〈東文選〉(漢詩, p. -)

〈大東詩選〉(古典詩, p. -)

여기서 〈東文選〉이나 〈大東詩選〉은 그 시의 출전을 밝힌 것이고, 〈漢詩, p. -〉는 졸저 〈한시를 읽는 즐거움〉의 쪽수를, 〈古典詩, p. -〉는 〈고전시를 읽는 즐거움〉의 쪽수를 가리킨 것이다. 출전을 알면 다른 분의 번역을 찾아보기 쉽고, 앞의 두 책을 펼치면 그 시의 직역을 볼 수 있다. 수필 한 편 읽으면서 다른 참고 자료를 찾아보는 일은 있을 것 같지 않지만, 혹 관심 있는 분이 있다면 다소나마 그분들의 한시 이해에 도움이 될 것으로 믿는다.

이 책에 실린 글들은 위에서 잠깐 말한 바와 같이, 한시에 대한 저자의 평설을 참고로 하여 다시 쓴 수필이다. 그러므로 그 평설과 이 수필들 사이에 비록 부분적이긴 하지만 중복되는 점이 없지 않다. 읽으시는 분들의 양해를 빌어 마지 않는다.

이제 저자는 왜 이 책을 내는지에 대한 자신의 소회의 일단을 여기 잠시 말해 두고자 한다. 그것은 한 마디로 한시라고 하는 우리 문학 유산을 통하여 오늘의 나와 내 이웃과 내 나라, 요컨대 우리 현실을 바라보자는 것이 가장 큰 목적이다. 따라서 글의 내용이 이따금 비판적으로 흐르게 된 것은 부득이한 일로 이해되기 바란다.

끝으로 이 책을 내주시는 범우사 여러분에게 감사한다. 좋은 책만 내려는 분들에게 짐이나 되지 않을는지 불안하고 미안스러운 마음 금할 수 없다.

2002년　지은이

한시(漢詩)가 있는 에세이

한시(漢詩)가 있는 에세이

제1부
하늘은 어찌하여 말이 없는가

# 건너지 마셔요

## 箜篌引 (公無渡河歌)

"여보, 그 일 꼭 하셔야 돼요?"

무슨 일인지는 모르지만 아내가 남편을 말리는 소리다. 남편은 눈을 치뜨며 여편네가 무얼 안다고 그런 소리냐며 쾅 문을 닫고 집을 나간다. 흔히 볼 수 있는 광경이다. 내가 지금 이런 광경을 떠올린 것은 아까 여옥(麗玉)[1]의 〈공후인(箜篌引)〉[2]을 읽었기 때문일 것이다.

건너지 마셔요, 아니 되셔요.
그래도 내 님은
물엘 드셨네.

---

1) 麗玉 : 고조선 때의 여인. 이 노래의 지은이를 여옥이라고 하는 것은 그녀가 최종적으로 정리해서 불렀기 때문일 것이다.

2) 箜篌는 악기 이름, 引은 악곡 이름. 그러니까 공후를 타며 부르는 노래 정도의 뜻. 〈공무도하가(公無渡河歌)〉라고도 한다.

세찬 물결 휩쓸려 돌아가시니
이를 장차 어이하리,
어이하리꼬.


公無渡河, 公竟渡河.
墮河而死, 將奈公河.

── 〈大東詩選〉(古典詩. p.38)


고조선 때 곽리자고(藿里子高)라는 사공이 있었다. 어느 날 새벽 일찍 강에서 노를 젓는데, 한 백수광부(白首狂夫, 머리 허연 미친 노인)가 그 강을 건너려고 뛰어들었다. 뒤따라온 그의 아내가 한사코 말렸으나 그는 듣지 않고, 마침내 그 세찬 물결에 휩쓸려 죽고 말았다. 이를 본 그의 아내가 공후(箜篌)를 타며 위와 같이 노래를 지어 불렀는데 그 소리가 몹시 슬펐다. 노래를 마치자 그 아내도 강물에 몸을 던져 남편의 뒤를 따랐다. 곽리자고가 집에 돌아와 그 아내 여옥에게 이 말을 하니, 여옥이 몹시 슬퍼하며 공후로써 백수광부의 아내가 부른 노래를 재현했다. 이 이야기는 이 노래가 실려 있는 〈대동시선(大東詩選)〉에서 옮긴 것이다.

내가 이 시를 읽으면서 늘 안타깝게 생각하는 것은 백수광부의 아내다. 그녀는 높은 교양을 지녔던 듯하다. 그런 그녀는 자기 말을 듣지 않고 물에 휩쓸려 돌아간 그 미친 남편의 뒤를 따라 스스로 목숨을 끊었다. 백수광부가 그녀의 말을 들었더라면….

또 하나 안타깝게 생각하는 것은 백수광부다. 그가 강을 건너려고 한 것은 그 강 건너에 이상(理想)의 땅이 있으리라고 믿었기 때문일 것이다. 현실(現實)은 건널 수 없는 강이었지만 그는 이미 강 건너에 미쳐 있어 그것을 알지 못했다.

　백수광부가 강 건너에 이상의 땅이 있다고 믿은 것을 잘못이라고 할 수는 없다. 그러나 건널 수 없는 현실의 강을 건너려 한 것은 불행한 일이다. 결국 아내의 생명까지 빼앗은 것이다. 사람은 이상을 품고 살아야겠지만 현실을 무시해서는 안 될 것 같다. (‑ 2001)

# 한 꺼풀 벗어 던지고
## 遺于仲文詩

지금 베이징(北京)에서 유니버시아드대회가 열리고 있다. 나는 축구가 좋아서 텔레비전 앞에 앉아 우리와 브라질의 축구 경기를 보았다. 브라질은 세계적인 축구 강국이지만 우리 선수들의 얼굴 얼굴에는 자신감이 넘쳐 흘렀다. 결과는 2대 1의 승리였다. 결승 진출은 좌절되었지만 게임마다 우리 선수들의 기개는 드높았다. 나는 그런 기개 높은 장면들을 보면서 을지문덕(乙支文德)[1]이 수(隋)나라 장수 우중문(于仲文)에게 보낸 시(〈遺于仲文詩〉[2])를 생각했다.

여보게 우중문 군, 계책도 뛰어나이.
하늘의 일, 땅의 일, 환하네그려.

---

1) 乙支文德 : 고구려 영양왕 때의 대신. 살수대첩(薩水大捷)을 이룬 장군. 침착하고 지략이 탁월했다. 문장도 뛰어났다고 하나 전하지 않는다.
2) 遺于仲文詩 : 〈여수장우중문시(與隋將于仲文詩)〉라고도 한다.

싸움에 이긴 공도 이미 높지 않은가.
족한 줄 알고서 돌아가게나.

神策究天文, 妙算窮地理.
戰勝功旣高, 知足願云止.

—— 〈三國史記〉 (漢詩, p.18)

고구려 영양왕 23년(612), 수나라 장수 우문술(于文述), 우중문 등은 35만 5천의 대군을 이끌고 고구려를 침략해 왔다. 을지문덕은 그때 하루에 일곱 번을 거짓 패하면서 먼 길에 지친 그들을 평양성 근처로 유인했다. 승리에 도취된 그들은 마침내 살수(薩水, 지금의 청천강)를 건너와 평양성 3십 리 밖에 진을 쳤다.

이 시는 그때 보낸 것이다. "하늘의 일, 땅의 일, 환하네그려" 한 것은 비아냥거리는 말이요, "싸움에 이긴 공도 이미 높지 않은가" 한 것은 하루에 일곱 번씩 거짓 패한 것을 깨우치는 말이다.

드디어 고구려군이 반격에 나섰다. 수나라 대군은 쫓기다가 살수에서 몰사하고 살아서 돌아간 자는 겨우 2천 7백을 넘지 못했다. 고함치며 말 달리던 고구려의 젊은이들, 수십만 대군의 적장을 가소롭다는 듯 희롱하던 장군. 이 시를 읽으면 그 충천하던 기개가 핏속에 다시 솟구침을 느낀다.

그러나 그러다가도 또 한 편을 보면 힘이 쭉 빠진다. 군대 안 가려고 제 몸에 상처를 내질 않나, 떼지어 오토바이를 타고 질주하다가 저 다치고 남 다치게 하질 않나, 호텔방에 몰래 숨어 무슨 침을 맞고 몽롱해지질 않나, 새벽까지 퍼마시고 비틀거리질 않나, 기개라고는 어느 한 군데도 보이질 않는다. 본인을 위해서도 안타깝고 그 부모를 생각해도 가슴아픈 일이다.

자, 이 시를 다시 읽자, 아니, 아예 외자. 그러면 말 달리던 고구려 젊은이들의 고함 소리가 들린다. 적장을 희롱하던 장군의 껄껄 웃는 소리가 들린다. 한때의 잘못은 누구에게나 있을 수 있다. 한 꺼풀 벗어 던지고 말을 달리자. (- 2001)

# 어느 젊은 여승(女僧)
### 返俗謠

　지난 주말, 잠시 외출을 했다 돌아오는 버스 안에서 여승
(비구니) 한 사람을 보았다. 나이는 스물서넛쯤, 엷은 잿빛
승의에 흰 고무신이 유난히 깨끗했다. 약간 홍조를 띤 얼굴
도 그지없이 깨끗하고 밝았다. 미인이었다. 나는 단정하게
앉아 가는 그녀를 보면서 참 무엄하게도 다음과 같은 옛 시
한 수를 생각했다.

　　속세에 미련 없이 살자 했지만,
　　인적 없는 이 골짜기
　　너무 적막해.

　　봄풀은 저처럼 향기로운데,
　　어쩔거나 어쩔거나
　　청춘인 것을.

化雲心兮思貞淑,[1] 洞寂寞兮不見人.

瑤草芳兮思芬蒕[2]  將奈何兮是靑春.

—— 〈大東詩選〉(古典詩, p.44)

이 시의 제목은 〈반속요(返俗謠)〉, 즉 속세로 다시 돌아가는 노래다. 지은이 설요(薛瑤)[3] 는 15세에 입산(入山)했다가 그 6년 뒤에 환속한 여인이다. 나는 일찍이 이 시를 읽고 다음과 같은 감상을 적은 일이 있다, 시와 함께 이 감상도 생각나서 옮겨본다.

젊고 아리따운 한 여승을 상상해 보자.

여승은 지금 어느 작은 암자의 봄뜰에 서 있다. 여승이 이 암자에 온 것은 속세에 대한 미련을 버리고 욕심 없이 살자는 뜻이었다. 속세에 대한 인연을 다 끊고 순결하게 살자는 뜻이었다. 그러나 인적 없는 골짜기가 너무 적막하다. 암자의 봄뜰에 봄풀이 향기롭다. 풀도 봄풀은 저리도 향기로운데…. 견딜 수가 없다.

"어쩔거나 어쩔거나, 청춘인 것을."

다시 젊고 아리따운 그 여승을 상상해 보자.

여승은 마침내 승의(僧衣)를 벗고 산을 내려온다. 그녀가 속세에 돌아와 자신의 청춘을 어떻게 보냈는지는 알 수 없다. 그러나 산을 내려오는 그녀의 뒷모습은 조금은 쓸쓸하지

---

1) 雲心 : 구름 같은 마음. 즉, 욕심 없는 마음.

2) 芬蒕 : 향기, 향기로움.

3) 薛瑤(?~693) : 신라 신문왕 때의 여류 시인. 기타는 본문 참조.

만 아름답게 떠오른다. 우리들 보통 사람의 자연스러운 모습
이어서 그럴까?[4]

　나는 집에 돌아와 내가 한 젊은 여승을 보고 이 시와 이런
감상을 상기한 것이 그녀에게 얼마나 큰 결례였나 하고 후회
했다. 청춘인 것을 못 참아 승의를 벗는 여승도 있지만 청춘
을 희생시켜 중생을 구제하는 여승도 있다. 그런데 그녀가
어떤 여승인 줄 알고 내가 이 시와 이런 감상을 생각했는가?
잘못이었다. (- 2001)

---

4) 졸저: 〈고전시를 읽는 즐거움〉.

# 먼 길 가는 사람
## 月夜

"그 먼 데를 어떻게 가누?"

후배 한 사람이 인도(印度)엘 간다고 해서 내가 무심히 한 말이다. 후배가 웃으면서 말했다.

"옛날 혜초(慧超)[1]는 말 타고 배 타고도 갔습니다. 비행기 타고 날아가는데 멀고 가까운 데가 따로 있습니까?"

듣고 보니 그랬다. 먼 곳은 못 가는 줄로만 아는 자신이 좀 우스웠다. 나는 집으로 돌아오는 버스 안에서 혜초를 생각했다. 그리고 집에 돌아와 그의 시 한 편을 찾아 읽었다.

달이 하 밝기로 하늘을 보니
흰 구름만 저 혼자 고향을 가네.
편지 한 장 전해 달라 불러 보지만

---

1) 慧超(704~787) : 신라 성덕왕 때의 스님. 惠超라고도 쓴다. 그의 〈왕오천축국전(往五天竺國傳)〉은 인도(다섯 천축국)를 여행하고 쓴 기행문. 그곳의 언어, 음식, 풍속 등이 자세히 기록되어 있다.

바람이 사나워서 들리질 않네.

고국은 북녘 하늘 머언 끝인데
서녘 땅을 헤매는 외론 나그네.
더운 데라 기러기도 날지 않으니
뉘라서 내 소식을 님께 전할까.

月夜瞻鄕路, 浮雲颯颯歸. 緘書參去便, 風急不聽廻.
我國天岸北, 他邦地角西. 日南無有雁, 誰爲向林飛.[2]
——〈往五天竺國傳〉(古典詩, p.46)

신라의 한 나그네가 먼먼 오천축국(五天竺國)을 여행한다. 옛날의 인도는 다섯 천축국(동서남북의 네 천축국과 중천축국)으로 나뉘어 있었다. 나그네는 지금 그 가운데 남천축국을 지나는 길이다. 달밤이다. 둔득 하늘을 보니 흰 구름이 고향 하늘로 날고 있다. 편지 한 장 전해 주렴. 그러나 바람이 사나워 들리질 않는다. 날이 더운 남쪽이라 기러기도 날지 않으니 누가 내 소식을 전해 줄까? 먼 나그네의 홀로 선 모습이 달빛 속에 외롭다.

자, 현실로 돌아와 보자. 위에서 잠깐 말한 것처럼, 나는 먼 곳은 못 가는 줄로만 알고 살아 왔다. 부득이한 일로 먼 나라도 몇 군데 다녀오긴 했지만 그때마다 그 여행이 짐스러웠다. 비행기 타고 날아가는데 멀고 가까운 데가 따로 있을

---

2) 向林飛 : (기러기가 없으니 누가) 계림(鷄林, 신라)을 향해 날아갈까 ?

리 없다. 그러나 말이 그렇지 비행기보다 더한 것이 있어도 인도는 나에게 멀고 먼 곳이다. 나는 이런 내가 우습다. 나는 모험(冒險)이니 구도(求道)니 하는 것은 생각지도 못해 봤다. 태어난 곳에 적당히 안주(安住)해 온 것이다. 나는 오늘 혜초를 많이 생각했다. 그 먼 곳을 어떻게 갔을까? 남의 나라에서 겪는 고생은 또 어떠했을까? 참으로 혜초는 내가 손 닿을 수 없는 곳에 있었다.

세상에는 먼 길을 두려워하지 않고 가는 사람이 있고, 가다가 되돌아오는 사람, 갈 생각조차 않는 사람이 있다. 그렇다면 우리 역사의 기관차 노릇을 하는 사람은 어떤 사람이겠는가? (- 2001)

# 하늘은 어찌하여 말이 없는가
## 憤怨

신라 진성여왕은 행실이 문란한데다 국정도 바로 다스리지 못했다. 그래 누군가가 그걸 비방하는 대자보를 써 붙였다. 이에 여왕이 명하여 그를 잡으려 했으나 잡지 못했다. 그때 어떤 사람이 이건 틀림없이 거인(巨仁)[1]의 소행이라고 했다. 여왕은 곧 거인을 잡아 가두었다. 거인이 억울하여 옥벽에 시 한 수를 쓰니 갑자기 우박이 쏟아지고 천둥번개가 쳤다. 여왕이 두려워서 곧 거인을 석방했다. 시는 이러하다. 제목은 〈분원(憤怨)〉, 분하고 원통하다는 뜻.

우공(于公)이 억울하여 통곡을 하니
삼 년이 가물고,
추연(鄒衍)이 억울하여 통곡을 하니
오월에도 서리 오더니,

---

1) 巨仁 : 신라 진성여왕 때의 은자. 왕거인(王巨仁)이라고도 한다.

억울한 이 슬픔이 예와 다름 없건만

하늘은 어찌하여

말이 없는가.


于公痛哭三年旱,　鄒衍含悲五月霜.
今我幽愁還似古,<sup>2)</sup> 皇天無語但蒼蒼.

―― 〈三國史記〉(漢詩, p.20)


우공은 한(漢) 나라의 옥리(獄史, 죄수를 감시하던 관리)였
다. 당시 한 효부(孝婦)가 시누이의 무고로 시어머니를 살해
했다 해서 죽게 되었는데, 우공이 그 결백을 주장했으나 태
수(太守)가 이를 인정하지 않았다. 효부는 결국 죽었다. 이
에 우공이 너무 억울하여 통곡을 하니 효부의 고을이 삼 년
을 가물었다.

추연은 제(齊) 나라 사람으로 연(燕)나라 소왕(昭王)의 스
승이었다. 그런데 그 후 혜왕(惠王)이 즉위하자 주위의 참소
(모함)로 옥에 갇힌 바 되었다. 이에 그가 너무도 억울하여
하늘을 우러러 통곡을 하니 오월(여름)인데도 서리가 왔다.
가뭄 삼 년에 오월 서리면 그 농사가 어찌 되었을까? 하늘의
징벌이다.

세상에는 억울한 사람이 많다. 그 중에도 남의 무고를 받
아 고통을 당하는 사람처럼 억울한 이가 없을 것이다. 무고
란 본래 정교한 것이어서 아무리 해명을 해도 인정되지 않는

---

2) 幽愁 : 깊은 근심.

경우가 많다. 아무 죄 없이 옥에 갇힌 거인의 심정이 어떠했을까? 남에게 이런 고통을 주고도 복 받기를 바란 사람이 있었을까?

자기를 비방했다 해서 무조건 잡아다 가두는 여왕도 문제다. 여왕은 당연히 그 비방의 내용을 검토하고 자신의 반성의 제목으로 삼았어야 할 일이다. 남의 무고를 그대로 믿는 것도 임금답지 못한 일이다. 여왕은 우선 그것이 사실인지의 여부를 조사했어야 한다. 그랬더라면 국정은 제대로 다스려졌을 것이다.

이런 사실을 생각하면 입맛이 쓰다. 아무 근거 없이 남을 무고, 모함하는 못된 인간, 아무 사려 없이 잡아 가두는 경박한 여왕, 이런 사람들 때문에 시달리는 백성들이 얼마나 많았을까? (– 1999)

# 비 오는 가을밤에
## 秋夜雨中

어느덧 우리 집 뜰에 가을이 깊다. 우수수 낙엽이 진다. 지금은 밤이다. 창밖에 바람이 분다. 찬비가 내린다. 공연히 감상(感傷)에 젖는다. 최치원(崔致遠)[1]의 시 한 수가 쓸쓸히 떠오른다. 우리가 다 잘 아는 〈추야우중(秋夜雨中)〉, 유명한 이 시는 다음과 같다.

바람 이는 가을밤의 나의 노래는
아득한 세상길에
듣는 이 없어,

찬비 오는 이 한밤을 등잔 돋우며

---

1) 崔致遠(857~?) : 신라 말기의 문인. 호는 고운(孤雲). 우리 한문학의 비조. 당(唐)나라에 가서 문명을 떨치고, 그 후 신라에 돌아와 벼슬에도 올랐으나 난세를 비관하며 유랑하다가 가야산에 들어가 여생을 마쳤다고 한다. 저서로 〈계원필경(桂苑筆耕)〉.

꿈속인 듯 치닫는
그리운 하늘.


秋風惟苦吟, 世路少知音.
窓外三更雨,[2] 燈前萬里心.

—— 〈大東詩選〉(漢詩, p.22)


큰 뜻을 품고 멀리 찾아온 선비 하나를 상상해 보자. 그는
세상을 다스릴 높은 경륜이 있었다. 그러나 그의 뜻, 그의 경
륜을 알아 주는 사람은 아무도 없었다. 한해 두해 헛되이 세
월만 흘렀다. 고독했다. 쓸쓸한 가을 바람처럼 마음이 황량
했다. 한밤의 찬비처럼 삶이 추웠다. 선비는 등잔불을 밝히
고 눈을 감았다. 그리운 얼굴들이 끊임없이 명멸했다. 잠을
이룰 수가 없었다. 돌아가고 싶었다.

옛날 중국에 백아(伯牙)라는 거문고의 명수가 있었다. 그
때 종자기(鍾子期)라는 그의 친구가 그 거문고 소리(音)를
아주 잘 이해(知)했다. 백아가 높은 산을 생각하며 거문고를
타면 "아, 높구나, 태산이여!" 하고, 넓은 바다를 생각하며
타면 "아, 드넓어라, 바다여!" 했다. 지음(知音)이란 바로 여
기서 나온 말로 자기를 잘 이해해 주는 사람이란 뜻이다. 그
런 종자기가 죽자 백아는 거문고 줄을 끊었다. 이것을 백아
절현(伯牙絶絃)이라고 한다.

그런데 우리 선비에게는 왜 그의 큰 뜻, 그 높은 경륜을 알

---

2) 三更雨 : 삼경에 비가 내리는데. 三更은 한밤중.

아주는 종자기가 그리도 없었을까? 왜 그의 노래를 이해하
는 지음이 그리도 없었을까? 그가 어느 다른 지방 사람이어
서 그랬을까? 어느 학교 출신이 아니어서 그랬을까? 돈이
없어서 그랬을까? 아니면 그의 노래가 자기네에게 불리하게
작용할까 봐 그랬을까? 선비는 고독했다. 창밖엔 여전히 바
람 일고 찬비는 내리는데.

　큰 뜻과 높은 경륜을 가진 사람이 고독을 느끼게 해서는
안 된다. 바쁘게 움직이고 단잠을 자게 해야 한다. 그를 위해
서이기 전에 우리가 보다 더 잘 살기 위해서다. (- 1999)

# 제2부
## 그림 같고 시 같은 마음이면

# 제왕(帝王)의 시(詩)
## 龍城

　최근에 KBS 주말 연속극으로 〈태조 왕건(太祖王建)〉[1]이 인기리에 방영된 적이 있다. 나는 이 역사극을 볼 때마다 왕건의 시 한 편이 생각났다. 제목은 알 수 없어서 그냥 〈용성(龍城)〉이라고 해 둔다. 용성은 함경북도 국경 지방에 있는 내(川)의 이름이다.

　　용성에 뉘엿뉘엿 가을 해 지면
　　수루(戍樓)에 피어나는
　　파아란 연기.

　　만리(萬里) 변성(邊城)에 창을 쉬노니
　　오랑캐도 찾아와
　　머릴 숙여라.

---

1) 王建(877~943) : 고려 초대 임금인 태조. 고려 건국 이전부터 백성들에게 신망이 있었다. 신라를 평화적으도 합병했다. 서예에 뛰어났다.

龍城秋日晚,　古戍寒烟生.
萬里無金革,[2] 胡兒賀太平.

—— 〈小華詩評〉(漢詩, p. 26)

소화시평(小華詩評)〉의 저자 홍만종(洪萬宗)[3] 이 말했다.

"무릇 제왕의 글은 반드시 여느 사람과 크게 다른 바 있으니(중략), 이 시는 뜻이 크고 (意格豪雄) 소리가 맑아(音律和暢) 삼한(三韓)을 통일할 기상(氣象)이 있다."

나는 이 시의 소리가 맑은지 어떤지는 알 수 없으나(이는 그 방면의 전문가만이 알 수 있다), 그 뜻이 크다는 데 대해서는 전적으로 동감이다. 우선 수루에 피어나는 파아란 연기를 그려 보자. 수자리 사는 군사들이 저녁 짓는 연기다. 칼 부딪히는 소리도 활시위 튕기는 소리도 들리지 않는다. 쓸쓸할이만큼 고요한 모습이다. 만리 변성엔 이미 전쟁이 없다. 국경을 괴롭히던 오랑캐도 찾아와 머릴 숙인다. 북방을 안정시키고 오랑캐를 끌어안겠다는 큰 뜻이다. 이 시를 읽으면 나는 나도 모르게 든든하고 기분이 좋아진다.

그러나 나를 더 기분 좋게 하는 것은 임금이 시를 지었다는 사실이다. 지금의 우리 정치하는 사람들은 어떤가? 그들의 언어는 논설(論說)뿐이다. 시가 없다. 논설은 본래 논리를 생명으로 하는 언어지만 타락하기 쉽다. 논설이 타락하면 허황되게 자기를 주장하고 터무니없이 남을 매도하게 된다.

---

2) 金革 : 모든 병기(兵器)의 총칭으로 여기서는 전쟁이라는 뜻.

3) 洪萬宗(1643~1725) : 조선 인조 때의 학자. 호는 현묵자(玄默子), 장주(長洲). 시평(詩評)에 뛰어났다. 저서로 〈소화시평(小華詩評)〉 등.

그런 주장과 그런 매도는 이미 논리가 아니다. 아니, 전투다.

나는 우리 정치하는 사람들이 시 한 구절쯤 읊을 수 있었으면 싶다. 그게 어려우면 남의 시라도 한 구절 인용할 줄 알았으면 싶다. 그러면 잠시나마 타락한 논설에서 조금은 여유를 가지고 사람을 대할 수 있을 것이다. 그러면 정치가 멋질 것이다. (- 2001)

# 좀 긴 편지를 쓰자

## 舟中夜吟

북한에 경수로를 건설하기 위하여 지금 우리 기술진이 거기 가 있다. 요 며칠 전, 그들과 이곳 가족들이 화면을 통하여 서로 만나는 장면이 방영되었다. 추석은 다가오는데 얼마나 집들이 그리울까? 나는 그 장면을 보면서 추석과는 아무 관계도 없는 시 한 수가 떠올랐다. 옛날 박인량(朴寅亮)[1]이 밤에 배를 타고 동정호(洞庭湖)를 건느며 읊은 시(〈舟中夜吟〉)이다.

고국 삼한 땅은
아스라히 먼데,

이국의 가을 바람, 시름 많은 나그네,
외로운 배에 기대 꿈길을 헤맸네.

---

1) 朴寅亮(?~1096) : 고려 문종 때의 문신, 시인. 호는 소화(小華). 문명이 중국에 떨쳤다. 〈수이전(殊異傳)〉의 저자로 알려져 있다.

어느덧 동정호에
달이 지고 있었네.


故國三韓遠,[2] 秋風客意多.
孤舟一夜夢, 月落洞庭波.

—— 〈小華詩評〉 (漢詩, p.36)


　아득히도 먼 동정호, 고려의 한 관리가 지금 그 동정호를 건넌다. 사신 가는 길이라고 생각해 두자. 밤이다. 가을 바람이 썰렁 인다. 외로운 배에 기대 눈을 감는다. 고국 삼한 땅은 아스라히 먼데, 집안일, 나랏일, 중국에서 할 일, 나그네의 시름 깊은 상념이 끝이 없다. 어느덧 새벽이다. 동정호에 달이 진다.

　자, 다시 북한에 경수로를 건설하기 위하여 거기 가 있는 우리 기술자들을 생각해 보자. 한 시간이면 날아올 수 있는 가까운 거리지만 주말이 되어도 다녀갈 수 없는 먼 길이다. 집안일, 회사일, 북한에서 할 일, 그들도 시름 깊은 상념이 끝이 없을 것이다. 그 중에도 가족에 대한 그리움이 어떠하겠는가?

　이들 외에도 가족을 떠나 먼 나라로, 타향으로, 산설고 물선 곳에 가 있는 사람은 많다. 공부하러 간 사람, 돈 벌러 간 사람, 회사일로 간 사람, 나랏일로 간 사람, 군대에 간 사람, 그들도 이런 저런 걱정에다 안타까운 그리움으로 동정호에

---

2) 三韓 : 우리 나라. 여기서는 물론 고려.

달이 지도록 온 밤을 뒤척이며 잠 못 드는 날이 많을 것이다.

추석이 며칠 안 남았다. 벌써 달이 둥글다. 그들이 가 있는 어느 곳이든 그 하늘에도 한가위 둥근 달은 환히 뜰 것이다. 그러면 그들도 그 달을 쳐다볼 것이다. 그럴 때면 송편 빚고 차례 지내고 성묘 다니던 정다운 모습들이 안타까운 그리움으로 떠오를 것이다.

오늘은 그들에게 편지를 쓰자. 그들이 잠시나마 그리움을 달래고 안심할 수 있도록 좀 긴 편지를 쓰자. 웃는 사진도 동봉하고. (- 1988)

# 세상 일 모르네
## 開聖寺

그저께 도봉산(道峰山)을 오르다가 잠시 천축사(天竺寺)에 들러 물 한모금 떠 마셨다. 더운 날씨에 땀을 많이 흘린 터라 시원하기가 이루 말할 수 없었다. 그때 문득 정지상(鄭知常)[1]의 〈개성사(開聖寺)〉가 생각났는데 다 외질 못해서 집에 와 찾아보았다.

굽이굽이 산 오르니 작은 집 하나,
샘물은 차고 맑고
이끼 푸르고.

늙은 솔엔 조각달, 산은 구름 속,
세상 일 모르네.
스님 한 사람.

---

1) 鄭知常(?~1135) : 고려 인종 때의 문신. 호는 남호(南湖). 시에 뛰어나고 그림과 글씨도 능했다. 저서로 〈정사간집(鄭司諫集)〉.

百步九折登巉岏[2], 家在半空惟數間.

靈泉澄淸寒水落, 古壁暗淡蒼箈斑.[3]

石頭松老一片月, 天末雲低千點山.

紅塵萬事不可到, 幽人獨得長年閒.[4]

── 〈大東詩選〉(古典詩, p.74)

자, 스님이 사는 개성사로 한번 가 보자. 굽이굽이 높은 산을 오르자면 땀 좀 날 것이다. 그러나 차고 맑은 샘물이 기다리고 있으니 걱정할 것 없다. 저기 두어 칸 작은 집이 보인다. 다 올랐으면 우선 샘물부터 한 바가지 떠 마시자. 어, 시원하다. 문득 보니 늙은 솔엔 조각달이 걸리고 산은 구름 속에 잠겨 있다. 더러운 먼지 하나, 시끄러운 소리 하나 없는 깨끗하고 조용한 자연이다.

스님 한 사람이 뜰을 쓸고 있다. 환갑을 막 지난 듯하다. 티끌 하나 없는데 무얼 쓰는 걸까? 마음 속의 티끌을 쓰는 걸까? 마음도 이미 비었으니 쓸어 낼 게 있을 리 없다. 그저 비가 있으니 무심히 잡은 것뿐이다. 깨끗하고 조용한 자연 속에 세상의 온갖 일 다 잊고 홀로 한가롭다.

자, 나는 어떻게 살고 있는가? 산엘 가도 냇물엘 가도 쓰레기 천지다. 길을 가노라면 소음과 매연으로 귀가 아프고 목이 따갑다. 게다가 이런 걱정 저런 욕심, 마음 편할 날이

---

2) 巉岏: 본래는 산이 높고 뾰죽한 모양을 일컫는 말인데 여기서는 높은 산이라는 뜻으로 이해할 일.

3) 暗淡 : 어둑하면서도 맑은 빛이 돈다.

4) 幽人 : 은자(隱者, 숨어 사는 선비). 여기서는 물론 개성사의 스님.

없다. 해서 나도 개성사엘 가서 스님 시중이나 들며 살았으면 싶다. 그러나 사흘이 못가서 내려올 것이다. 어떻게 세속의 애착을 끊겠는가?

그런데 이렇게 생각하다 보니 이 시 속의 스님이 갑자기 얄미워진다. 자기만 깨끗하고 조용한 자연 속에 세상의 온갖 일 다 잊고 홀로 한가로우면 제일인가? 속세의 중생들은 영혼의 목이 말라 시들어 가는데 이 시 속의 스님은 그것도 알려 하지 않는다. 그것은 대자대비(大慈大悲)하신 부처님의 참뜻이 아닐 것이다. (- 2001)

# 동궁(東宮)의 새벽
## 東宮春帖子

　　내일 모레가 입춘(立春)이다. 생각 같아서는 〈立春大吉(입춘대길)〉 한 마디 써 붙이고 싶은데 붓도 없고 벼루도 없다. 옛날 궁중에서는 입춘날에 시를 써 붙였다. 이 시를 춘첩자(春帖子)라고 한다. 나는 춘첩자를 몇 보았는데 김부식(金富軾)[1]의 〈동궁춘첩자(東宮春帖子)〉가 마음에 든다. 동궁은 왕세자 또는 그의 궁을 말한다.

　　동궁 안 다락 끝은 날이 새는 빛,
　　버들은 봄바람에
　　눈이 트는데.

　　깊이 든 곤한 잠들, 아직 첫새벽,

---

1) 金富軾(1075~1151) : 고려 인종 때의 정치가, 학자, 호는 뇌천(雷川). 〈삼국사기(三國史記)〉를 편찬했다. 문집이 있었다고 하나 발견되지 않았다. 시문이 뛰어 났다.

동궁께선 어느 새
문안 가셨네.


曙色明樓角,　春風着柳梢.
鷄人初報曉,[2] 已向寢門朝.[3]

——〈東文選〉(漢詩 p.44)

　동궁의 첫새벽이다. 순라(巡邏)들이 새벽이 왔다고 소리
치며 잠을 깨우지만 다들 깊은 잠에 빠져 일어날 줄을 모른
다. 피곤하고 피곤한 봄날 새벽 아닌가? 그러나 동궁께서는
벌써 일어나 부왕(父王)의 침전에 문안 드리러 가셨다. 이
시는 대강 이런 뜻이다. 동궁은 어찌해야 하는가, 이 시는 그
것을 가르치고 있다.
　자, 그럼 우리도 동궁을 한번 따라가 보자. 부왕과 동궁의
말소리가 들려 온다. 동궁이 묻고 부왕이 대답하는 소리다.
　"임금의 첫째 길은 무엇이옵니까?"
　"백성을 사랑하고 두려워하는 것이니라."
　"둘째 길은 무엇이옵니까?"
　"덕 있고 유능한 사람을 쓰는 것이니라."
　"셋째 길은 무엇이옵니까?"
　"위에 군림하지 말고 항상 자기를 낮추는 것이니라."
　"넷째 길은 무엇이옵니까?"

---

2) 鷄人 : 궁중에서 새벽을 알렸던 사람, 순라꾼.
3) 寢門朝 : 寢門은 임금의 처소, 朝는 문안드리다.

"넷째는 없느니라. 백성을 사랑하고 두려워하면 그들이 임금을 감쌀 것이요, 덕 있고 유능한 사람을 쓰면 그들이 나라를 편케 할 것이요, 임금이 겸손하면 천하의 신민(臣民)이 다 우러러 받들 것이니 더 바랄 것이 없느니라. 달리 무슨 넷째 길이 있겠느냐?"

장차 임금이 될 동궁, 새벽 일찍 일어나 부왕께 문안하는 모습이 미덥다. 임금의 길을 묻고 대답하는 음성도 경건하게 들려 온다. 그리하여 또 한 사람의 임금이 태어난다. 이런 시를 외노라면, 나는 임금도 동궁도 없는 이 민주주의 시대에 싫증이 날 때가 있다. (- 2001)

# 소 탄 노인
## 長源亭應製野叟騎牛

옛날 임금께서 여러 신하들을 거느리시고 들엘 나가셨다. 백성들이 어찌 사나 보시려고 나가셨을 것이다. 드디어 장원정(長源亭)이라는 정자에 이르셨다. 마침 소를 타고 지나가는 노인이 하나 있었다. 임금께선 그 노인을 두고 시를 지으라 하셨다. 곽여(郭輿)[1]라는 분이 곧 지어 바쳤다. 제목은 〈장원정응제야수기우(長源亭應製野叟騎牛)[2]

편안한 모습이네, 소 탄 저 노인.
안개비 부연 속에
들길을 가네.

저 물가 어디쯤에 집이 있는가.

---

1) 郭輿(1059~1190) : 고려 예종 때의 문신, 학자. 학문이 깊고 필법이 뛰어났다. 예종의 극진한 예우를 받았다.
2) 應製 : 왕명으로 시문을 지음. 野叟는 시골 늙은이.

흐르는 냇물 위에
석양이 지네.


太平容貌恣騎牛, 半濕殘霏過壟頭[3].
知有水邊家近在, 從他落日傍溪流.

──〈大東詩選〉(漢詩, p.40)


자, 그럼 우리도 장원정으로 한번 가 보자. 안개비가 부옇다. 춥지도 덥지도 않은 평온한 들이다. 한 시골 노인이 소를 타고 들길을 간다. 특별히 초라한 모습도 아니고, 그렇다고 크게 부티 나는 모습도 아니다. 어디서나 볼 수 있는 평범한 노인이다. 지금 집으로 돌아가고 있는 모양이다. 퍽도 편안한 모습이다. 노인이 편안하게 살면 그게 바로 태평성세(太平盛世) 아닌가?

이번에는 소를 타고 돌아가는 이 노인의 삶을 한번 상상해 보자. 어떻게 그렇게 편안한 모습일까? 우선 소를 가질 만큼 여유가 있고, 소를 탈 만큼 건강하기 때문이라고 할 수 있을 것이다. 그러나 여유 있고 건강한 노인네 중에도 편안치 못한 분이 많은 걸 보면 꼭 이렇게만 말하기도 어려울 듯하다. 여유와 건강은 물론 중요하지만, 이 밖에 착한 아들, 착한 며느리의 순종하는 낯빛, 아래웃집 젊은이들의 공순한 말씨, 문득 이런 것들이 떠오른다.

그럼 잘들 산다는 오늘의 우리 노인네는 어떨까? 물론 편

---

3) 壟頭 : 밭머리, 번역시에서는 편의상 들길이라고 했다.

안한 모습으로 잘 사는 노인네도 많다. 그러나 그렇지 못한 노인네도 적지 않다. 자동차를 몰다 조금 실수했다 해서 젊은이에게 삿대질당하는 노인, 길도 모르는 양로원 앞에 몰래 놓여진 기력 없는 노인, 낯선 인파의 거리에 몰래 버려진 치매 든 노인, 상상할 수도 없었던 일이 자꾸 일어나고 있다.

지금은 아무래도 양반들의 세상은 아닌 것 같다. 귀찮으면 제 어미라도 내다버리고 수 틀리면 제 아빗뻘이라도 안중에 없다. 이 예의 바른 나라가 어쩌다 이런 상놈들의 세상이 되었는가? (– 1999)

# 고향에 돌아와서
### 初歸故園

요 며칠 전에 볼일이 있어서 고향엘 다녀왔다. 몇 년 만인
지 모른다. 아버지 어머니 돌아가신 후로는 거의 가 보질 못
했다. 나이 든 몇 분밖에는 아는 이가 드물었다. 문득 옛날
최유청(崔惟淸)[1]이 처음 고향에 돌아가 지은 시(〈初歸故園〉)
가 생각났다.

고향에 돌아오니
아는 이 없고,

무너진 담장 가엔
거친 잡초뿐,

문앞의 돌샘물 홀로

---

1) 崔惟淸(1095~1174) : 고려 의종 때의 문신. 경사(經史)에 밝고 불교에
도 조예가 깊었다. 글씨에 뛰어났다. 저서로 〈남도집(南都集)〉.

옛날처럼 차구나.

里閭蕭索人多換, 墻屋傾頹草半荒.
唯有門前石井水, 依然不改舊甘凉.

──〈東文選〉(漢詩, p.52)

　오랜 세월 타향을 전전하던 사람이 고향에 돌아왔다. 다니러 온 걸까, 살러 온 걸까? 아니면 지나다가 무심히 들른 걸까? 그러나 모두 낯선 얼굴들이었다. 마을이 쓸쓸하기만 했다. 살던 집에 이르렀다. 담장은 기울고 집은 퇴락했다. 가꾸던 뜰도 거친 잡초뿐이었다. 그 동안 빈 집으로 버려 두었던 것일까? 그리던 고향이 아니었다.

　문득 대문 앞의 돌샘물이 눈에 띄었다. 날마다 길어다 먹고 낯 씻고, 무더운 여름날 밤에는 등멱도 하던 그 돌샘물, 거기서 물 긷던 어머니의 흰 치맛자락, 순이의 빨간 댕기 나폴거리던 모습도 보이는 듯했다. 떠서 한모금 마셔 보았다. 다 변했지만 그 돌샘물만은 옛날처럼 달고 찼다. 그러나 그 돌샘물인들 또 얼마나 가랴.

　며칠 전 내가 찾은 고향이 설령 그리던 고향은 아닐지라도 내가 나고 자라고, 내 아버지 어머니 묻히신 곳이니 그런 고향이 있다는 것이 얼마나 든든한 일인가? 더구나 마음대로 다니러 갈 수도 있고 지나다가 무심히 들를 수도 있고 아주 살러 갈 수도 있는 고향 아닌가? 마음만 먹으면 언제든 돌아갈 수 있는 고향….

　그러나 고향을 지척에 두고도 가지 못하는 사람이 너무 많다. 그들은 추석이나 설이 되면 통일각 앞에 차례상을 차리고 북쪽을 향해 절을 한다. 내 친구 한 사람은 집을 지어도 북쪽으로 창을 내고 낚시를 다녀도 임진강만 찾는다. 얼마나 안타까운 그리움인가?

물론 그들의 고향도 그리던 고향은 이미 아닐 것이다. 세월이 지났다. 그러나 그곳은 그들이 나고 자라고 그들의 조상이 묻히신 곳이다. 북창(北窓)²⁾을 내고 임진강만 찾는 내 친구, 어서 돌아가 문 앞의 그 차고 단 돌샘물 한 바가지 시원히 들이키게나. (- 1999)

---

2) 北窓 : 오창익(吳昌翼)의 수필 〈북창(北窓)〉 참조.

# 쓸쓸한 절
### 蕭寺

탁월한 시인이 한 사람 있었다. 시만이 아니라 문장도 뛰어났다. 그런데 운이 따르지 않았던지 두어 번 과거를 보았지만 번번이 낙방이었다. 게다가 무신(武臣)의 난으로 죽을 고비를 넘겼다. 마침내 좌절, 시와 술로 세월을 보냈다. 그러다 보니 병까지 들었다. 임춘(林椿),[1] 다음은 그의 〈소사(蕭寺)〉라는 시다. 쓸쓸한 절….

일찍이 문장으로 장안을 울렸거니,
끝없는 하늘 아래
외로운 저 노인.

부처님 뵈오러 절을 찾네만

---

1) 林椿 : 고려 인종 때의 문인. 과거에 실패, 정중부(鄭仲夫)의 난으로 좌절, 어려운 삶을 살았다. 저서로 이인로(李仁老)가 그의 유고를 모아 엮은 〈서하선생집(西河先生集)〉.

그 이름을 아는 이
아무도 없네.


早把文章動帝京，乾坤一介老書生.
如今始覺空門味,[2] 滿院無人識姓名.

──〈破閑集〉(漢詩, p.48)

임춘은 서리(胥史, 하급 관리)라도 한 자리 하려 했다. 삶이 궁핍해서였다. 그러나 그것도 얻을 수 없었다. 좌절에 또 좌절, 시와 술이 아니면 잠시도 살 수가 없었다. 어느덧 머리에 서리가 앉았다.

자, 이 시 한 번 더 읽어 보자. 일찍이 문장으로 장안을 울렸던 탁월한 선비, 그런데 뜻밖에 그의 인생에 찬서리가 내렸다. 이제 더는 세상에 용납될 수가 없었다. 좌절 속에 못된 세월이 흐르고 또 흘렀다. 한낱 외로운 늙은이, 모든 것이 허무했다. 문득 부처님께 의지하고 싶었다. 그래서 절을 찾았다. 그러나 절 안의 그 많은 사람 중 아무도 그의 화려했던 이름을 아는 이가 없었다. 쓸쓸한 절, 쓸쓸한 마음, 절로 한숨이 새어 나왔다.

임춘을 생각하면, 나는 늘 연민의 정이 인다. 이 시를 읽거나 친구에게 보낸 그의 편지를 읽을 때면 그 정이 더하다. 편지에는 그의 괴로운 심경이 눈물겹게 드러나 있다. 탁월한 선비인 그가 왜 과거에 들지 못했을까? 들었더라면 과거에

---

2) 空門 : 불교.

든 그의 친구들처럼 화려한 삶을 살았을 것이다. 하필 왜 그는 무신의 난을 만나 좌절하게 되었을까? 그러지 않았다면 그는 적어도 술로 세상을 잊으려 하진 않았을 것이다. 이것이 운명이라는 걸까?

이 세상에는 재능 있는 사람이 많다. 그런 사람들이 제 자리를 차지하고 부지런히 일하는 것을 보면 보기도 좋고 마음도 든든해진다. 그러나 이런저런 이유로 제 자리에 앉지 못하고 좌절하는 것을 보면 안타깝고 언짢아진다.

"임춘 선생, 저승에서는 선생의 자리에 앉으소서".(- 2001)

# 저녁 종 소리
## 煙寺晚鐘

아침 저녁으로 여섯시가 되면 어느 산사(山寺)에서 종 소리가 들려 온다. 나는 이 소리가 좋다. 도시 한복판에 앉아 산사의 종 소리를 듣는다는 것이 신기하기까지 하다. 그러나 너무 먼 소리여서 감질이 난다. 그 감질나는 종 소리를 듣노라면, 나도 이인로(李仁老)[1]처럼 어느 깨끗한 산속에 가 앉아 〈연사만종(煙寺晚鍾)〉[2], 그 은은한 저녁 종 소리 한번 들어 봤으면 싶을 때가 있다.

돌길은 구비구비 구름 희어라.
푸른 숲엔 뉘엿뉘엿
해가 지는데.

---

1) 李仁老(1152~1220) : 고려 명종 때의 학자, 문인. 시문에 뛰어났다. 저서로 〈파한집(破閑集)〉, 〈은대집(銀臺集)〉 등.
2) 煙寺晚鍾 : 내(안개, 구름 등) 속에 있는 절의 저녁 종 소리.

저 벼랑 어디쯤에 절이 있는가.
바람에 실려 오는
저녁 종 소리.


千回石徑白雲封, 岩樹蒼蒼晚色濃.
知有連坊藏翠壁, 好風吹落一鐘聲.
── 〈東文選〉 (漢詩, p.58)


　지금 누군가가 산을 오른다. 천번 휘도는 돌길이다. 흰 구름이 길을 막는다. 잠시 돌길에 앉아 다리를 쉰다. 구름 사이로 희고 검은 바위와 푸른 숲이 브인다. 그 위에 석양이 빛난다. 바람이 분다. 어느 절의 은은한 저녁 종 소리가 그 바람에 실려 온다. 절은 보이지 않는다. 구름 속 푸른 절벽에 숨어 있나 보다. 당신은 어떤가? 그 곳에 가 이 종 소리 한번 듣고 싶지 않은가?

　"이봐요, 정 선생. 그만하세요. 김매랴 나무하랴 뼈마디가 쑤시는데, 그까짓 종 소리가 무에 그리 대단하다고 그러세요? 참 한가도 하십시다."

　이렇게 말하진 말자. 그곳엔 목소리 큰 사람도 없고 사기치는 사람도 없다. 소음도 없고 매연도 없다. 다만 깨끗한 산이 있을 뿐이다. 잠시 일손을 덤추고 그 깨끗한 산 속에 가 앉아 산사의 저녁 종 소리 한번 들어 보는 것도 좋지 않겠는가? 그러면 잠시나마 마음의 휴식을 얻을 수 있는 것이다.

　요즈음 내가 살아 가는 것을 보면 마음 한번 편히 쉴 틈이 없다. 김매랴 나무하랴 뼈마디 쑤시는 삶, 목소리 큰 사람 앞

에 주눅들고 혹시 사기나 당하지 않을까 늘 경계하는 현실,
소음이 시끄러운 건지 매연이 독한 건지는 생각할 겨를도 없
다. 저녁에 자리에 누워 눈을 감아도 마음은 쉴 줄 모르고 여
전히 바쁘다. 그러니 잠인들 편하겠는가? 이것이 나만 그런
건지 다른 사람도 그런 건지….

　그러나 마음 한번 쉬어 보자고 이 팔밭뙈기 버려 두고 산
속에 들어가 저녁 종 소리나 듣고 앉았을 수는 없는 일이다.
그저 이런 시나 읽으면서 흉내나 내 보는 수밖에. (‒ 2001)

# 귀뚜라미
## 秋

 

1998년 5월의 일. 날씨도 좋고 신록도 아름다웠다. 그런데 왜 그렇게 추운 사람이 많았을까? IMF 한파라고 했다. 그러나 남의 추위야 어떻든 뜨뜻하게 잘 사는 사람도 많았다. 다음은 진온(陳溫)[1] 의 시, 제목은 〈추(秋)〉, 곧 가을이다.

섬돌에 서리 차네, 겹옷을 입네.
가을은 슬픈 계절, 귀뚜라민 골라.
안방에 밤 길어지니 그거나 좋다 하지.

釦砌微微着淡霜,　裌衣新護玉膚凉.
王孫不解悲秋賦[2], 只喜深閨夜漸長.

——〈東文選〉(漢詩, p.66)

---

1) 陳溫 : 고려 신종때의 문신.
2) 王孫 : 본래는 임금의 자손, 즉 높은 신분을 말하지만 여기서는 귀뚜라미. 철없는 사람의 비유로 이해할 일.

서리가 내려서 겹옷을 입는다. 차차 추워지는 계절이다. 풀은 시들고 나무는 잎 지는 슬픈 계절이다. 그러나 귀뚜라미는 풀이 시들든 나무가 잎이 지든 그 슬픔을 모른다. 자기가 노래할 수 있는 안방의 밤이 길어지는 것, 다만 그것이 기쁠 뿐이다. 철 없는 사람, 그는 남의 추위를 모른다.

문득 돌이녀석이 생각난다. 돌이는 점심 시간이 괴로웠다. 점심 시간이 되면 슬그머니 교실을 빠져나가 벌떡벌떡 수돗물을 들이켰다. 그리고는 여기저기 아무도 없는 곳을 서성거렸다. 굶는 모습을 보이기가 싫었다. 수많은 돌이녀석들, 얼마나 배가 고팠을까? 어느 호텔에서 김 회장의 막내딸 결혼식이 있었다. 거기 다녀온 이 선생의 말이 3만 원 부조하고 5만 원짜리 얻어먹은 것 같아서 미안하더라고 했다. 음식이 남아돌더라는 말도 했다.

막노동을 하던 김씨 생각도 난다. 비록 사글셋방이지만 이불 하나는 따뜻이 덮고 잤다. 그런데 갑자기 일거리가 없어졌다. 그래 마누라하고 꼬맹이는 시골 처가로 밀어 보내고 혼자 지하철에서 신문지 조각을 덮고 잤다. 수많은 김씨들, 얼마나 괴로웠을까? 그 무렵 어느 유명한 가수가 디너쇼를 벌인다는 광고가 신문에 났다. S석은 10만 원, A석은 8만 원이라고 했다.

박 사장의 모습도 떠오른다. 사원들의 월급도 괜찮게 주어온 그였는데 어느 사이엔지 돈길이 막혔다. 부도가 났다. 눈물을 삼키며 흩어지는 사원들을 보며 그는 죽음을 생각했다. 수많은 박 사장들, 얼마나 참담했을까? 이것도 신문에서 본 것이다. 어느 기업의 대표가 수십억 원의 세금을 탈세하고 가족들과 해외 골프 여행을 즐겼는데, 재수가 없었던지 국세청의 단속에 걸려들었다고 했다.

　지금은 1999년 10월. 가을 하늘이 참 맑고 푸르고 높다. 우리의 어려웠던 상황이 조금씩 호전된다고 한다. 다행이다. 그러나 아직도 추운 사람은 많다. 돕지는 못할망정 사람 분통 터지게 하는 귀뚜라미는 되지 말자. 우리는 다 함께 살아가야 할 소중한 이웃들 아닌가? 조금만 사려하면 귀뚜라미는 면할 수 있다. (- 1999)

# 구름에 대하여

## 贈文長老

 

 

펵도 가물더니 어제는 촉촉이 비가 내렸다. 시들던 나무와 풀들이 금방 생기를 되찾았다. 나는 혼자 앉아 이규보(李奎報)[1]의 시 한 수를 생각했다. 이 시는 지은이가 문장로(文長老)라는 원로 스님에게 준 것(〈贈文長老〉)이다. 스님은 이 시에서 구름이 되어 있다. 그런데 그 구름이 멀리 산으로만 돌아가려고 한다.

 

번화한 열두 거리 날을 때에도
마음은 저 멀리 산을 가는가.

메마른 이 하늘에 오래 머물며
먼지 이는 거리에 단비로 오게.

---

1) 李奎報(1168~1241) : 고려 고종 때의 문인, 호는 백운거사(白雲居士).
   고전에 밝고 시문에 뛰어났다. 저서로 〈동국이상국집(東國李相國集)〉.

暫趨十二街路中, 長憶三千里外山.
莫學閑雲空返峀, 好將膏雨澤人間 2)

——〈東國李相國集〉(漢詩, p.70)

　나는 촉촉이 내리는 비를 보며 구름을 생각했다. 구름의 덕은 무엇인가? 비를 내리는 것이다. 사람과 짐승과 나무와 풀들이 시들지 않도록 비를 내리는 것이다. 그런데 충분히 비를 가진 구름이 그 비를 내리지 않고 산으로만 돌아간다면 어찌 되겠는가? 사람과 짐승, 나무와 풀들이 마침내 다 시들고 말 것이다.

　그럼 스님의 덕은 무엇인가? 중생을 구제하는 것이다. 돈 많은 사람과 가난한 사람, 잘난 사람과 못난 사람, 그 모든 사람들의 영혼이 시들지 않도록 구제하는 것이다. 그런데 충분히 덕과 지혜를 가진 스님이 산으로만 돌아간다면 어찌 되겠는가? 사람들의 영혼은 마침내 시들고 말 것이다.

　문장로는 원로 스님이다. 생각건대 그는 중생을 구제할 만한 충분한 비를 가진 구름일 것이다. 산으로 돌아가 한가로이 사는 삶, 속세의 번잡을 떠나 자유롭게 사는 삶, 그런 삶도 물론 좋기야 하겠지만, 그러나 그것은 충분히 비를 가진 구름으로서는 그리 보람 있는 일은 아닐 것이다.

　이번엔 이 번화한 열두 거리 좀 보자. 간 큰 사람이 너무 많다. 그들은 거짓말을 참말처럼 잘 한다. 패를 지어 싸움박질도 씩씩하게 잘 한다. 맑은 강에 폐수를 쏟아 부으면서도

---

2) 人間 : 사람 사는 세상. 지금은 사람이라는 뜻으로 쓰인다.

태연하다. 남 다 가는 군대도 어떻게든 제 자식은 뺀다. 도덕
성을 상실한 이 번화한 열두 거리, 비는 오지 않고 먼지만 풀
썩인다.

　지금은 비가 몹시도 그리운 시절이다. 원로들의 단비 같은
말씀 한 마디, "아니, 네 이놈들 !" 하는 꾸중 한 말씀이 너
무도 그리운 시절이다. 그런데 모두 산으로 돌아가셨는가,
아무 말씀도 들리질 않는다. 메마른 먼지는 이렇게 풀썩이는
데.(- 2000)

# 배꽃과 거미
## 落梨花

우리는 날마다 수많은 이야기를 들으며 산다. 그 중에는 감동적인 이야기도 있고 심각한 이야기도 있고 거룩한 이야기도 있고 미소를 짓게 하는 이야기도 있다. 나는 이런 이야기들을 좋아한다. 그 중에서도 미소를 짓게 하는 이야기가 좋다. 이를테면 김구(金坵)[1]의 〈낙이화(落梨花)〉[2]가 들려 주는 그런 이야기다.

팔랑팔랑 흩나는
배꽃 이파리.

어쩌다 거미줄에
잘못 앉았네.

---

1) 金坵(1211~1278) : 고려 고종 때의 학자, 문신. 호는 지포(止浦). 어려서부터 시문에 뛰어났다. 저서로 〈지포집(止浦集)〉.
2) 落梨花 : 떨어지는 배꽃.

거미놈 나비로 알고
잡으려 달려드네.


飛舞翩翩去却回, 倒吹還欲上枝開.
無端一片粘絲網, 時見蜘蛛捕蝶來.[3]

——〈東文選〉(漢詩, p.80)


　바람이 분다. 하얀 배꽃 이파리가 팔랑팔랑 흩난다. 그런
데 그 중의 한 이파리가 거미줄에 앉는다. 거미란 놈이 그걸
나비로 알고 잡으러 달려든다. 하얀 배꽃 한 이파리가 거미
줄에 앉았을 때 숨어서 보던 거미는 얼마나 가슴이 설레었을
까? 그리고 그것이 나비 아닌 배꽃 이파리인 줄 알았을 때는
또 얼마나 허탈했을까?

　이런 시를 읽을 때는 아무 것도 따지지 않는 것이 좋다. 배
꽃이 무엇의 상징인가, 거미가 무엇의 비유인가, 시인이 전
달하려는 메시지가 무엇인가, 이런 것을 따지면 아무 얻는
것도 없이 머리만 복잡해진다. 그러나 이런 것 따지지 않고
읽으면, 거미의 가슴 설레는 착각, 허탈에서 오는 실소 같은
것들이 우리 눈에 보이고, 마침내 우리는 자기도 모르는 사
이에 미소를 짓게 되는 것이다. 그럴 때 우리의 찌든 머리는
또 얼마나 산뜻해지는가?

　감동적인 이야기를 들으면서 콧날이 시큰해지는 것을 체
험하는 것도 좋은 일이다. 심각한 이야기를 들으면서 진지하

---

3) 蜘蛛 : 거미.

게 생각을 해 보는 것도 좋은 일이다. 거룩한 이야기를 들으면서 어떤 절대자의 세계에 들어가 보는 것도 물론 좋은 일이다. 남을 짓밟고 저만 내세우는 이야기가 판을 치는 세상이고 보면, 감동적이고 심각하고 거룩한 이야기는 더없이 값진 것이다. 그러나 그렇더라도 그런 이야기만 있고 미소를 짓게 하는 이야기가 없다면 나는 그 이야기들의 중압에 짓눌려 마음 한번 못 펴 볼 것이다. 나는 성인 아닌 평범한 우리에게 배꽃과 거미 이야기가 있다는 것이 참 고맙다. (- 2001)

# 원님의 낮잠
## 直廬

    일전에 어느 지방 자치단체의 장이 뇌물을 먹고 검찰에 연행되는 장면을 텔레비전에서 봤다. 인정의 표시로 몇 푼 주고받는 그런 정도 아닌 듯했다. 나는 그 장면을 보면서 낮잠이나 좀 자지 하는 생각을 했다. 곽예(郭預)[1]의 〈직려(直廬)〉가 떠올라서 그랬을 것이다. 이 제목은 군(郡, 고을) 청사에서 당직을 하며라는 뜻이지만, 내용은 그 고을 원님의 모습을 그린 것이다.

    성긴 발 반쯤 걷고 앞산을 건너 보니,
    솔 바람에 흩나는 푸른 안개 또 안개.

    원님은 일이 없어 창에 기대 조는데,
    꿈속에 들려 오는 하늘의 풍악 소리.

---

1) 郭預(1232~1286) : 고려 충렬왕 때의 문신. 문장과 글씨에 뛰어났다.

半鉤疎箔向層巓,　萬壑松風動翠烟.

午漏正閑公事少[2]　倚窓和睡聽鈞天[3]

——〈東文選〉(漢詩, p.82)

　　한 원님이 지금 고을 청사에 앉아 있다. 심심해서 성긴 발을 반쯤 걷고 앞산을 건너다본다. 골짜기마다 솔바람에 푸른 안개가 흩날린다. 아름답고 평화스런 모습이다. 그러나 원님은 그것도 시시하다. 그 많은 백성 중에 송사(訟事)하는 사람도 하나 없다. 심심하다. 하품이 난다. 눈이 스르르 감긴다. 그리고는 조용히 존다. 하늘의 신비로운 음악 소리가 꿈속에 들려 온다.

　　자, 낮잠이나 자는 이 원님을 게으르다고 해야 하나 뭐라고 해야 하나? 천만의 말씀, 게으른 원님이 아니다. 선정(善政)을 베푸는 원님이다. 선정을 베푸니 백성들에게 불편한 일이 없고, 백성들이 편안하니 그에게도 할 일이 없는 것이다. 선정을 베푸는 원님은 한낮에도 그저 졸면서 하늘의 풍악 소리나 들으면 된다.

　　그러나 이와 다른 원님도 많다. 이놈 잡아들여라, 저놈 곤장을 쳐라, 하루 종일 호령하느라 쉴 틈 없는 원님이다. 낮잠은 고사하고 솔바람에 푸른 안개 흩나는지 어떤지도 그는 모른다. 그러니 무슨 수로 하늘의 풍악 소리를 듣겠는가? 이 원님의 두 눈에는 항상 핏발이 서 있다. 어서 갈렸으면, 그 고을 백성들의 소원이다.

---

2) 午漏 : 정오를 가르키는 물시계, 한낮이라는 뜻.

3) 鈞天 : 균천광악(鈞天廣樂)의 준말. 즉, 하늘의 신비로운 음악.

지금은 낮잠이나 자는 원님은 있을 것 같지 않다. 선정 아니라 선정보다 더한 걸 해도 끊임없이 발생하는 백성들의 문제를 두고 어딜 가서 졸겠는가? 핏발 선 눈으로 마구 거둬들이는 원님도 있을 것 같지 않다. 투서 한 장이면 쇠고랑을 차는 세상이다. 그러나 어느 원님이든 은밀하게 다가오는 유혹은 있을 것이다. 그리고 밤에 자리에 누웠을 때, 그 유혹을 뿌리친 원님은 꿈속에 하늘의 풍악 소리를 듣겠지만, 그러지 못한 원님은 핏발 선 눈으로 온 밤을 뒤척일 것이다. 원님들이여, 하늘의 풍악 소리를 들으소서. (- 2001)

# 어느 날 산엘 가서
## 山居偶題

　지난 일요일, 아침 먹고 좀 느즉이 아내와 함께 산엘 갔다. 배낭에는 주먹밥 두어 덩이, 귤 서너 개, 커피 끓여 담은 보온병 하나, 그리고 빠져서는 안 될 소주 한 병, 옛날 같으면 버너 가지고 가서 자글자글 김치찌게도 끓일 텐데 지금은 큰 벌금을 내야 한다.

　우리는 산 중턱 깨끗한 바위 위에 자리를 잡았다. 산은 안개 속에 잠겨 있는데 비 온 뒤끝이라 저 아래로 들리는 물소리가 맑았다. 나는 소주 한 잔 따라 들고 시 한 수 읊었다.

　　푸르른 산빛에 옷이 젖는데,
　　풀 푸른 연못 가엔
　　흰 물새 날고.

　　안개 아직 보오얀 깊은 숲에는
　　마파람에 부슬부슬

가랑비 오고.


滿空山翠滴人衣, 草綠池塘白鳥飛.
宿霧夜栖深樹在, 午風吹作雨霏霏.

── 〈東文選〉(漢詩, p.88)


　자, 이 시가 보여 주는 어느 산마을로 가 보자. 거기는 푸르른 산빛에 옷이 젖는다. 풀 푸른 연못 가에 흰 물새가 난다. 보오얀 안개 자옥한 깊은 숲, 산들 부는 바람에 부슬부슬 가랑비가 온다. 이진(李瑱)[1]의 〈산거우제(山居偶題)〉[2], 깨끗하고 아름다운 자연이다. 먼지 하나 날지 않는다. 시끄러운 소리 하나 나지 않는다. 역겨운 냄새도 물론 없다. 가서 살고 싶은 곳이다.

　지난 일요일 우리가 간 산도 이 시의 산마을처럼 깨끗하고 아름다웠다. 어느덧 점심때가 되었다. 안개가 가시고 맑은 햇빛 속에 푸른 숲 흰 바위가 드러났다. 저 아래로 물소리는 여전히 맑게 들렸다. 소리까지 그린 그림….

　그런데 우리가 앉은 바위 저 아래가 갑자기 시끄러워졌다. 굽어보았다. 남녀 칠팔 명의 젊은이들이 바락바락 소리를 지르며 춤을 추는 것이다. 그들이 켜 놓은 라디오 음악(그것이 음악일까?) 소리에 산이 온통 무너질 것만 같았다. 그것은 광란(狂亂)이었다.

---

1) 李瑱(1244~1321) : 고려 충렬왕 때의 문신, 문인. 호는 동암(東庵). 시문이 뛰어났다. 저서로 〈동암집(東庵集)〉.
2) 山居偶題 : 산에 살며(산에 있는 집에서) 우연히 씀.

아내가 저길 좀 보라고 한다. 건너편이었다. 곤드레만드레
가 된 청년 네댓 명이 뒤엉켜 싸우고 있었다. 몸도 가누지 못
했다. 주적(主敵)이 누군지도 모르는 듯했다. 그런데 그 중
하나가 소줏병으로 바위를 내리쳤다. 쨍 소리가 들렸다. 역
시 광란이었다.

생각건대 하느님은 머잖아 이 깨끗하고 아름다운 자연을
거두어 가실 것이다. 누릴 줄 모르는 놈들에게 왜 주겠니 하
시면서. 생각하면 두려운 일인데 그걸 모르는 사람이 너무
많다. 딱한 일이다. (– 2001)

# 쓸데없는 이삿짐

## 遷居

　지금이 이사철인지 이사하는 사람을 자주 본다. 그저께는
우리 앞집서 이삿짐이 나가더니 어제는 새 이삿짐이 들어왔
다. 오고가는 그런 이삿짐을 보노라면 최해(崔瀣)[1]의 〈천거
(遷居)〉가 생각날 때가 있다. 이 말은 사는 곳을 옮긴다, 곧
이사라는 뜻이다.

　어쩌다 잘못 든 길, 선비란 게 되어서
　평생을 떠돌며 엉성하게 사네만,

　이삿짐 없다고
　비웃지는 말게나.

---

1) 崔瀣(1287~1340) : 고려 충숙왕 때의 학자. 호는 졸옹(拙翁). 당대의
　문호로 중국에까지 문명을 떨쳤다. 저서로 〈농은집(農隱集)〉.

그래도 성현(聖賢)의 경전(經典)
수레 하나 가득하네.


平生業已誤爲儒,[2] 是處謀身拙且疎.
莫怪遷居無物載,  聖賢經典尙盈車.

──〈東文選〉(漢詩, p.90)


이삿짐 센터의 대형 트럭이 몇 대가 와도 모자라는 이삿짐
이 있는가 하면 손수레 몇 번으로 족한 이삿짐도 있다. 퍽도
가난한 이삿짐, 우리 시인의 이사짐은 그랬던 모양이다. 그
러나 그는 아무렇지도 않다. 이렇다 할 이삿짐은 없지만 성
현의 경전이 수레 하나 가득하기 때문이다. 시인은 오히려
그것이 자랑스럽다.

그렇다면 성현의 경전이 무엇이어서 그런가? 논어(論語)
한 장 읽는다고 밥이 생기는 것도 아니고 성경(聖經) 한 절
읽는다고 옷이 생기는 것도 아닌데 왜 그런가? 그것은 사람으
로 하여금 사람답게 살게 하는 참다운 도리를 가르치는 말씀
이기 때문이다. 우리는 그 말씀 한 마디로 좀더 사람다워지
는 것이다.

그런데 이렇게 쓰고 보니 좀 회의가 인다. 우선 김 과장을
생각해 보자. 그는 말을 할 때 성경을 자주 인용한다. 성경에
관한 한 모르는 데가 없는 것처럼 보인다. 그러나 그가 어디
어려운 곳에 부조 한푼 선뜻 하는 것은 보기 어렵다. 이번에

---

2) 誤已儒 : 잘못 선비가 됨.

는 김 대리를 생각해 보자. 그는 자신이 크리스천이라는 것을 드러내지 않았기 때문에 사람들은 알지 못했다. 홀어머니를 모시고 사는 김양에게 이따금 몇 푼씩 쥐어 준다든지 어느 자선 단체에 매달 회비를 보낸다든지 하는 것도 우연히 알려진 사실이다.

논어나 성경 몇 구절 읽는다고 사람다워지는 것이 아니다. 달달 왼다고 사람다워지는 것도 아니다. 내가 좀더 사람다워지는 것은 아는 데 그치지 않고 실천할 때이다. 성현의 경전이 아무리 훌륭한 가르침을 기록한 책이라 하더라도 그 가르침을 실천하지 않는다면 그것은 오히려 쓸데없는 이삿짐에 불과할 것이다.( – 2000).

# 노정승(老政丞)의 저녁때
## 漢陽村莊

옛날 이야기 한 토막.

정승 한종유(韓宗愈)[1]는 젊은 시절에 방탕하여 매임이 없었다. 무당이 굿을 하는 데가 있으면 수십 명의 무리를 이끌고 가 그 차린 술과 음식을 빼앗아다가 실컷 먹고 취했다. 일찍이 두 손에 검은 칠을 하고 남의 집 빈소에 들어간 일이 있다. 조금 있으니까 미망인이 들어와 곡을 하며

"임이여, 임이여, 어딜 가셨소?"

하니, 그때 한종유가 장막 사이로 검은 손을 내밀며

"나 여기 있소."

했다. 미망인이 크게 놀라 달아났다. 한종유는 그 차려 놓은 과일들을 다 가지고 돌아왔다. 그의 미친 짓이 이와 같았다.

마침내 한종유가 국상(國相)이 되니, 그 공명(功名)과 사업(事業)이 당대에 빛났다. 만년에는 고향에 돌아가 은거했

---

1) 韓宗愈(1287~1354) : 고려 충목왕 때의 문신(좌정승). 호는 복재(復齋). 시문에 뛰어났다. 저서로 〈복재집(復齋集)〉.

는데 지금의 한강에 있는 저자도(楮子島)다. 그는 늘 시를 읊었다.

위에 적은 이야기는 〈용재총화(慵齋叢話)〉에 전한다. 그가 읊은 시로 한양(漢陽) 근교(저자도)에 있는 자기의 시골 별장을 읊은 것(〈漢陽村莊〉)이 있는데 다음과 같다.


　　　잔잔한 강물 위에
　　　보슬비 지나더니

　　　갈숲 너머 들려 오는
　　　한 가락 피리 소리.

　　　노정승 낚싯대 메고
　　　노을 속을 내려가네.


　　　十里平湖細雨過，　一聲長笛隔蘆花.
　　　直將金鼎調羹手2). 還把漁竿下晚沙.

——〈東文選〉(漢詩, p.106)


나는 이 이야기와 시를 읽으면서 생각한 것이 둘 있다.

하나는, 사람은 열두 번 된다는 속담이다. 젊은 시절에 그리도 방탕했던 한종유가 당세에 빛나는 재상이 된 것이다. 그러나 모든 방탕한 젊은이가 다 재상이 되는 것은 아니다.

---

2) 金鼎調羹手 : 정승 노릇 할 만한 솜씨.

큰 깨달음과 뉘우침, 뼈를 깎는 노력(아픔)을 통하여 정승은 탄생했을 것이다.

또 하나는 정승의 만년의 모습이다. 낚싯대 하나 메고 노을 속을 내려가는 노정승, 세상사 모두 잊고 빈 마음이다. 탁월한 역량을 가졌으면서도 어디 한 군데 엿보는 데가 없다. 한강을 지나는 보슬비, 갈숲너머 들려 오는 피리 소리, 그 속에 편안하다.

이렇다 할 반성 한번 없이 그럭저럭 살아 온 지난날, 나의 지난날. 잊을 만한 것도 못 잊고 아등바등 살아 가는 오늘의 삶, 나의 삶. (- 2001)

# 아침 연기

## 山舍朝炊

　그림을 한 장 보았다. 산기슭에 두어 채 초가집이 있고, 그한 집 야트막한 굴뚝에서 연기가 나는 그림이다. 옛날 이제현(李齊賢)[1]도 그런 정경이 눈에 들었던지 〈산사조취(山舍朝炊)〉라는 제목으로 시 한 수를 남겼다. 산에 있는 집의 아침밥 짓기.

　산 아래 저 집은 누가 사는가.
　보오얀 아침 연기
　피어나는데,

　어허 저것 봐, 개 짖는 소리.
　불씨라도 꾸려고
　누가 왔는가.

---

1) 李齊賢(1287~1367) : 고려 공민왕 때의 문인, 학자. 호는 익재(益齋).
　문장이 뛰어났다. 저서로 〈익재난고(益齋亂藁)〉.

山下誰家遠似村,[2] 屋頭烟帶大平痕.
時聞一犬吠籬落, 乞火有人來打門.

—— 〈東文選〉(漢詩, p.112)

　저 산 아래 농막(農幕, 밭집) 같은 초가집 두어 채가 옹기종기 정답게 앉아 있다. 이른 아침이다. 박 서방네 초가 지붕 위에 아침 연기가 보얗다. 아랫집 김 서방 마누라가 또 불씨를 꾸러 왔나 보다. 갑자기 개가 짖는다. 시가 꼭 소리까지 들리는 그림 같다.

　이렇게 쓰다 보니 박 서방네 초가 지붕 위에 보얗게 피어오르는 아침 연기가 눈에 보이는 듯하다. 참 얼마 만에 보는 연기인가? 그지없이 평화로운 모습이다. 이른 아침 물꼬 보고 돌아오며 바라본 우리 옛 마을의 아침 연기도 더없이 평화로웠다.

　지금은 그런 연기를 볼 수가 없다. 전기밥솥으로 밥 짓고 가스레인지로 국 끓이는 집에 무슨 굴뚝이 있어서 연기가 나겠는가? 그렇다고 연기 자체가 사라진 것은 아니다. 질주하는 자동차의 저 매연, 몰래 태우는 쓰레기의 저 독한 연기들, 사뭇 숨이 막힌다.

　불씨를 꾸러 온 아랫집 김 서방 마누라의 기어드는 목소리도 귀에 들리는 듯하다. "에이그, 게으른 여편네. 어쩌다 불씨를 꺼뜨리고 이 이른 아침에 남의 집을 찾아오누?" 그러나 조금도 밉지가 않다. 아니, 오히려 미소 속에 여유로움을 느

---

2) 村 : 농막, 밭집(농사에 편하도록 밭 근처에 간단하게 지은 집).

끼게 한다.

지금은 물론 불씨 같은 것은 없다. 흔해 빠진 게 라이타다. 성냥도 잘 안 쓰는 세월이다. 그러나 다른 불씨는 계속 생겨 나고 있다. 서로 의심케 하고 갈등케 하고 반목케 하고 마침 내 사생을 결단케 하는 그런 불씨들, 사뭇 전쟁이다.

옛날에는 가난하게 살아도 물론 다는 아니겠지만 그래도 그 삶에 평화와 여유가 있었다. 남보다 더 가지려고 안달하 지 않았기 때문일 것이다. 그러나 지금은 돈을 쌓아 놓고 살 아도 더 못 가져서 안달이다. 거기 무슨 평화, 무슨 여유가 있겠는가? (- 2000)

# 정승(政丞)의 탄생
## 道中避雨

    총리(總理)는 높은 자리다. 옛날의 정승(政丞)이다. 이 자리에 오른다는 것은 여간 어려운 일이 아니다. 총리가 새로 탄생할 때마다 나는 그분들에게 경의를 표했다. 그리고 나도 모르는 사이에 이곡(李穀)[1]의 〈도중피우(道中避雨)〉를 생각하곤 했다. 현 총리가 머잖아 바뀔 것이라고 한다. 새 총리가 임명되면 나는 또 그럴 것이다. 길을 가다 비를 피하며라는 이 시는 다음과 같다.

    홰나무 가려 선 저 큰 집은
    떵떵거릴 자손 위해 문도 높였지.

    한 세월 지나니 오는 이 없고

---

1) 李穀(1298~1351) : 고려 충숙왕 때의 학자. 호는 가정(稼亭). 경학(經學)의 대가였다. 저서로 〈가정집(稼亭集)〉.

나그네나 지나다가 비를 피하네.


甲第當時蔭綠槐[2], 高門應爲子孫開.
年來易主無車馬,　惟有行人避雨來.

——〈小華詩評〉(漢詩, p.104)


큰 집이 하나 있었다. 주인은 이 집에 홰나무를 심었다. 중국 주(周)나라 때 대궐에 홰나무 세 그루를 심어 삼공(三公, 세 정승)을 상징한 일이 있다. 송(宋)나라 왕우(王祐)는 자기 자손 중에 삼공이 나리라 하고 뜰에 홰나무를 심었다. 과연 그 아들이 정승이 되었다. 이 집 주인도 그래서 홰나무를 심었을 것이다.

그는 또 대문도 높이 세웠다. 중국 한(漢)나라의 우공(于公)은 자기 자손 중에 정승이 나리라 하고 마을의 문을 높이었다. 정승의 수레가 걸리지 않도록 하려는 것이었다. 과연 그 아들 역시 정승이 되었다. 이 집 주인도 물론 그래서 대문을 높였을 것이다.

이 집 주인이 자기 집에 홰나무를 심고 대문을 높인 것은 크게 탓할 게 못 된다. 아들이 정승이 되기를 바라는 것은 여느 부모의 상정(常情)이 아니겠는가? 문제는 그가 그 다음에 아들을 어떻게 가르쳤느냐 하는 데 있다. 홰나무 심고 대문 높인 그 큰 집이 이제는 찾는 이 없고 다만 지나는 나그네가 비나 피하게 되었다면 그는 아무 것도 가르친 게 없는 사

---

2) 甲第 : 큰 집.

람이다.

그 아들들에 대해서도 한번 생각해 볼 것이 있다. 그들은 무엇을 했는가? 아버지가 홰나무 심고 대문 높였으니 절로 정승이 될 줄 알고 팔짱끼고 가만히 앉아 있었는가? 왕우와 우공의 아들들은 그렇지 않았을 것이다. 아버지의 가르침을 따라 공부하고 몸을 닦는 데 피나는 노력을 경주했을 것이다. 그들은 혹 아버지가 안 계셨다 하더라도 스스로 뜻을 세워 그렇게 했을 것만 같다.

홰나무 심고 대문 높인다고 정승이 되는 것이 아니다. 그것은 목표다. 거기 도달하기 위한 피나는 노력이 있지 않으면 안 된다. 비단 정승만이겠는가? 작은 자리 하나도 쉬운 게 아니다. (- 2001)

# 낙방시(落榜詩)
## 下第贈登第者

어느 회사의 대리 몇 사람 중 한 사람이 과장으로 승진을 했다. 사람들은 다 잘된 인사라고 했는데 그와 경쟁 관계에 있던 대리 한 사람은 입맛이 썼다. 승진한 친구가 보기 싫어 그 자축하는 술자리에도 가지 않았다. 옛날의 이공수(李公遂)[1] 같았으면 흔쾌한 마음으로 찾아가 그 승진을 축하했을 것이다. 다음은 그의 〈하제증등제자(下第贈登第者)〉[2] 라는 제목의 시다.

장하네, 자네 이름 찬란도 하네.
띠풀로 이은 집에 구름 푸르네.

괜찮네, 달나라 광한전(廣寒殿)에는

---

1) 李公遂(1308~1366) : 고려 공민왕 때의 문신. 문장이 뛰어났다.
2) 下第贈登第者 : 과거에 낙방한 사람이 급제한 사람에게 줌. 第는 과거.

계수나무 한 가지 남아 있다네.


白日明金榜,[3] 靑雲起草廬.
那知廣寒桂,[4] 尙有一枝餘.

—〈東文選〉(漢詩, p.110)


　두 친구가 함께 과거를 보았다. 그런데 한 친구는 급제를
하고 또 한 친구는 낙방을 했다. 그 낙방한 친구의 심정은 참
말이 아니었을 것이다. 우리 주위에는 자기의 낙방보다 친구
급제가 더 괴로운 사람도 많다. 못된 친구들. 그러나 그는 조
금도 마음에 구김이 없다. 급제한 친구의 성공을 충심으로
축하하고, 다음에는 반드시 계수나무 한 가지를 꺾겠다는 자
신감을 드러낸다.
　그럼 위에 말한 어느 대리 한 사람을 다시 생각해 보자. 그
는 입맛이 썼다. 승진한 친구가 보기 싫어 그 자축하는 술자
리에도 가지 않았다. 입맛이 쓴 것은 그런 대로 이해가 되는
면이 있지만 자축하는 술자리에까지 가지 않은 것은 좀 심하
다는 생각이 든다. 그러나 세상에는 더 심한 사람들도 있다.
그들은 흔히,
　"자식, 인사부장하고 골프만 다니더니, 흥."
　"그 애 마누라가 사장의 외사촌 누이동생이라더군."
하는 등의 말을 만들어 그 인사가 공정하지 못했다는 점을

---

3) 金榜 : 과거에 급제한 사람의 이름을 써 붙이던 방.
4) 廣寒桂 : 광한루의 계수나무. 그 가지를 꺾는다는 것은 급제한다는 뜻.

부각시키려 애를 쓴다. 그러나 그런다고 달라지는 것은 아무 것도 없다. 사람들이 다 잘된 인사라고 하는데 그 인사가 취소되겠는가? 승진한 친구가 깎여지는 것도 아니다. 오히려 그러고 다니는 그들만 추해질 뿐이다. 그런데 그들은 그런 사실을 모른다.

친구의 성공을 흔쾌한 마음으로 찬양하기는 어려운 일이다. 실패한 사람으로서는 더욱 그렇다. 허세가 아닌 자신감으로써 결의를 드러내 보이는 것도 어려운 일이다. 실패한 사람으로서는 더 말할 것이 없다. 그러나 이 시의 한 친구처럼, 이런 것들을 넉넉하게 극복하는 사람도 없지 않다. 얼마나 의연한 모습인가? (- 2001)

# 바다 소나기

## 江口

어제 오후 나는 혼자 연구실에 앉아 있었다. 어지간히 무더웠다. 그런데 어느 사이엔지 연구실이 어둑해졌다. 밖을 내다보았다. 먹구름 뒤덮인 하늘에서 소나기가 퍼부었다. 우르르 쾅, 천둥 번개도 쳤다. 갑자기 내 연구실이 소나기 퍼붓는 바다 위의 조각배 같았다. 정포(鄭誧)[1]의 〈강구(江口)〉[2]가 생각나서였을까?

소나기 퍼붓네, 배를 멈추네.
우두커니 바라보는
검은 하늘 끝.

아아, 드디어 구름비 거네.

---

1) 鄭誧(1309～1345) : 고려 충렬왕 때의 문신. 호는 설곡(雪谷). 문장과 글씨에 두루 뛰어났다. 저서로 〈설곡집(雪谷集)〉.

2) 江口 : 강 어귀. 이 시에서는 바다와 잇닿아 있는 강 어귀.

빛 밝게 드러나는
푸른 산마을.


移舟逢急雨, 倚棹望歸雲.
海闊疑無地, 山明喜有村.

── 〈東文選〉 (漢詩, p.98)

자, 그럼 시 속으로 한번 들어가 보자.

지금 조각배 하나가 바다 위에 떠 있다. 누군가가 노를 젓는다. 그런데 어느 사이엔지 꾸역꾸역 검은 구름이 모여들더니 갑자기 소나기가 퍼붓는다. 큰일이다. 배를 멈춘다. 노를 짚고 우두커니 검은 하늘 끝을 바라본다. 천지는 온통 비구름 속, 배를 댈 섬 하나 안 보인다. 눈앞이 캄캄해진다.

이럴 때 우리는 절망하기 쉽다. 될 대로 되라며 노를 집어 던지기도 한다. 그러나 절망하지 말자. 굳건히 노를 잡고 힘껏 저어 보자. 그러면 비구름이 걷히는 때가 온다. 보라, 날이 개지 않는가? 저기 빛 밝게 드러나는 푸른 산마을, 우리 저리로 노 저어 가 바닷비 맞아 피로한 우리의 심신을 쉬자.

내 후배 김군(金君)은 촉망받는 관리였다. 그런데 그의 바다에 소나기가 퍼부었다. 무심히 저지른 실수 때문이었다. 허무했다. 고뇌의 밤이 이어졌다. 그러나 그는 새로운 희망을 가지고 미국으로 건너가 박사가 되어 돌아왔다. 그 동안에 겪은 고생은 이루 다 말할 수가 없다. 그는 지금 유명한 어느 연구소에서 일하고 있다.

사람은 누구나 자기 배를 몰고 바다를 건너는 것이지만 그

것이 늘 순탄한 것은 아니다. 시험에 낙방하는 사람, 실직당하는 사람, 사업에 실패하는 사람, 이 밖에도 바다 소나기를 맞는 사람은 많다. 그러나 절망하지 않고 노를 굳건히 잡는 사람에게는 빛 밝게 드러나는 푸른 산마을이 있는 법이다.

어느덧 창밖에 소나기가 그쳤다. 검은 구름이 갈라지고 푸른 하늘이 드러났다. 햇빛이 쏟아졌다. 잔디가 퍽도 싱그러워 보였다. (– 2000)

# 그림 같고 시 같은 마음이면
## 驪州題詠

이것 저것 뜻 같지 않아 삶이 피곤할 때 어디 먼 시골에라
도 가 살고 싶을 때가 있다. 옛날 이집(李集)[1]은 훌훌 다 벗
어던지고 여주(驪州)에 은거했다. 그가 여주를 읊은 시(〈驪
州題詠〉)를 보면 그곳은 산천이 모두 아름다웠던 모양이다.

천지는 끝없지만 삶은 유한(有限)해.
떨치고 돌아온 뜻
자네 알겠나.

여강(驪江) 한 구비 아름다운 산,
반쯤은 그림 같고
반쯤은 시야.

---

1) 李集(1314~1387) : 고려 공민왕 때의 학자. 호는 둔촌(遁村). 이 시에
서와 같이 여주에 은거했다. 저서로 〈둔촌집(遁村集)〉.

天地無涯生有涯, 浩然歸去欲何之.[2]

驪江一曲山如畵, 半似丹靑半似詩.

—— 〈大東詩選〉(漢詩, p.128)

한 선비가 벼슬길에 나갔다. 이 시의 지은이, 이집이다. 길이 험했다. 한때는 신돈(辛旽)[3]의 미움을 사 생명의 위협을 느끼기도 했다. 유한한 삶을 그렇게 보낼 수는 없는 일이었다. 그는 모든 것을 다 털어 버리고 여주로 돌아갔다.

자, 여주로 한번 가 보자. 여강 한 구비 아름다운 산, 반은 그림 같고 반은 시 같다. 아름다운 산을 시 같다고 한 그 표현도 아름다운 산만큼이나 아름답다. 이것 저것 다 툭툭 털고 이곳에 가 한번 살아 보고 싶은 사람도 많을 것이다.

내 고향도 산천이 수려한 곳이다. 내 아버지 어머니 묻히신 마을 앞에는 맑은 강이 한 구비 길게 흐른다. 그 강물 위에는 흰 구름 한가로이 내려와 뜨고 사철 푸른 산 그림자가 늘 아름답다. 그곳엔 또래들과 어울려 물고기 잡고 나무하던 내 어린 시절이 그리움으로 남아 있다. 그러나 함께 자라던 그들은 다 흩어지고, 마을 옆으로는 시속 120킬로로 달릴 수 있는 왕복 4차선의 대형 도로가 깔렸다. 성묘 때나 가는 고향이지만 갈 때마다 낯이 설다.

일이 뜻 같지 않아 피곤할 때 문득 가 살고 싶은 먼 시골이 바로 이 마을이다. 그러나 이것은 다만 생각일 뿐 실제로 돌

---

2) 浩然 : 마음이 넓고 뜻이 큰 모양. 동시에 지은이의 자(字).

3) 辛旽(?~1371) : 고려 공민왕 때의 승려. 실권을 장악한 때가 있었다.

아갈 수는 없는 일이다. 낯설어서 그런 것이 아니다. 나는 여기 벌려 놓은 이런저런 일들을 툭툭 털어 버릴 용기 없는 것이다. 아무나 산과 물의 아름다움을 벗할 수 있는 게 아닌 모양이다. 이런 생각에 미칠 때 나는 술 한잔 들며 혼자 중얼거리길 잘 한다.

"그림같이 아름다운 마음, 시같이 아름다운 마음, 그런 마음을 지니고 살 수 있다면 동대문 시장 속인들 어떠니? 마음이 문제지". (- 2001)

# 이 별

## 西江贈鄭先生達可奉使江南

내 친구 한 사람이 남미 어느 나라로 떠났다. 환갑도 지난 나이인데 돈 벌러 간다고 떠났다. 여기서 살기 어려워 간 것이다. 그 나라에는 그의 조카가 있다. 나는 그를 보내면서 정사도(鄭思道)[1]의 〈서강증정선생달가봉사강남( 西江贈鄭先生達可奉使江南)[2]을 생각했다.

오시던 그 누각엔
달빛 곱더니,

가시는 이 강물엔
밤비 차워라.

---

1) 鄭思道(1318~1379) : 고려 공민왕 때의 문신. 효성이 지극했다.

2) 西江贈鄭先生達可奉使江南 : 서강에서 강남으로 사신 가는 정달가 선생에게 줌. 江南은 여기서는 중국, 達可는 정몽주(鄭夢周)의 자(字).

외로이 떠나는 배에
시름겨운 불빛 하나.


去年京洛遇中秋,[3] 醉擁笙歌月下樓.
今夜船窓滿江雨,　一燈離思浩難收.

—— 〈東文選〉 (漢詩, p.120)


　평소에 신뢰해 온 한 친구가 먼 길을 떠난다. 나라의 중요
한 사명을 띠고 외국으로 떠나는 것이다. 문득 작년의 일이
떠오른다. 달빛 고운 누각에 서로 취하여 얼싸안고 함께 노
래부르던 그 밤, 그러나 오늘 밤은 비 오는 강 위에 이별의
슬픔이 끝없다.
　자, 우리 주위에는 또 떠나는 사람이 없는가? 먼 나라로
공부하러 가는 아들딸들, 돈 벌러 가는 애인, 남편, 그리고
아버지, 살기 어려워 이민 가는 그 정답던 이웃들, 우리는 그
들을 보내며 지난날의 달 밝던 누각을 생각하고 가슴에 찬비
를 맞는다.
　남미로 떠난 내 친구는 우리 고향의 괜찮은 부자였다. 그
런데 그가 서울로 오면서 집안이 기울기 시작했다. 무슨 사
업인가를 한다면서 시골의 전답을 팔아 댔지만 되는 일이 없
었다. 어떤 다른 친구가 하는 말이 그가 사업에 실패하는 것
은 남의 말을 너무 곧이곧대로 믿기 때문이라고 했다. 살기
가 어려워질 수밖에 없었다. 그러나 그런 어려운 중에도 친

---

3) 京洛遇中秋 : 서울에서 추석을 만나. 京洛은 서울, 中秋는 추석.

구가 상을 당하면 제일 먼저 달려갔다. 친구가 병원에 입원
을 하면 제일 먼저 찾아보았다. 우리 몇 사람은 이따금 만나
서 술 한잔씩들을 했다. 그는 술을 좋아해서 많이 마셨다. 그
러나 사는 이야기는 하지 않았다.

　이 친구를 생각하면 마음이 언짢다. 외국으로 사신 가는
이별도 슬프다 했는데 이 어려운 친구를 보내면서 어떻게 좋
은 마음일 수 있겠는가? 나는 그가 돈 많이 벌어 건강한 몸
으로 돌아오기를 빌고 있다. 하늘은 착한 그를 도우실 것이
다. (- 2001)

# 6월의 일기(日記)
## 定州途中

1998년 6월 6일.

오늘은 현충일, 아침 일찍 일어나 대문에 국기를 달았다. 첫여름의 새 아침이 싱그러웠다. 하늘도 그지없이 맑았다. 나는 기를 달면서 정공권(鄭公權)[1]이 정주(定州)를 가며 지은 시(〈定州途中〉)를 생각했다. 정주는 평양북도에 있는 고을이다. 지난날 몽고의 침략을 물리쳤던 전쟁터다. 수많은 젊은 목숨이 죽어 간 땅이다.

잡초 거친 자갈벌에
해는 지는데,

먼 바다 건너오는 비린 바람은
싸우다 죽은 이의 흰뼈에 불어,

---

1) 鄭公權(?~1382) : 고려 공민왕 때의 문신. 초명은 추(樞). 호는 원재(圓齋). 저서로 〈원재집(圓齋集)〉.

구슬퍼라, 나그네의
말 울음 소리.


定州關外草萋萋,[2] 沙磧無人日向西.
過海腥風吹戰骨,[3] 白楡多處馬頻嘶.

　　　　　　　　——〈東文選〉(漢詩, p.122)


　지금 한 나그네가 정주를 간다. 어느덧 그 관문이다. 싸우
다 죽은 이들의 흰뼈가 묻힌 곳이다. 거친 풀 군데군데 우거
진 자갈벌에 해가 진다. 바람이 불어 온다. 바다에서 불어 오
는 비린 바람이다. 죽은이들은 말이 없다. 그 슬픔을 아는가,
말도 구슬피 운다.

　살 만큼 살다 가도 죽음은 슬픈 것이다. 하물며 첫여름 새
아침처럼 싱그러운 젊은 나이에 전쟁터에서 산화했음에랴.
그들에게는 장래를 약속한 꽃다운 처녀도 있었으리라. 사랑
하는 젊은 아내와 귀여운 아기도 있었으리라. 마지막 숨을
거두며 바라본 고향 하늘 끝엔 무엇이 어렸을까? 차마 눈을
감지 못했을 것이다.

　이것은 옛날 이야기가 아니다. 국립 묘지에 가 보라. 휴전
선 어느 골짜기엔 지금도 이름 모르는 장병들의 흰뼈 위에
비린 바람이 불고 있으리라. 오늘은 현충일, 하늘을 우러러

------

2) 萋萋 : 풀이 무성하게 우거진 모양.

3) 戰骨 : 싸우다 죽은이의 뼈. 전사자의 유골.

4) 白楡 : 흰 느릅나무. 옛날 요새지에 이 느릅나무를 많이 심었다 한다.

오열하는 그 어머니, 그 아내들의 흰옷 입은 모습이 붓끝에
아프다.

　1998년 6월 17일.
　신문을 보았다. 연일 계속되는 병무 비리(兵務非理) 보도
다. 며칠 전에는 한 육군 준위가 1백수십 건에 5억 얼마인가
를 받았다고 하더니 오늘 신문에는 그가 받은 돈이 2십여억
원으로 추산된다고 한다. 정신이 어지럽다. 장성(將星)도 몇
사람 관련된 모양이다.
　정말이지 이래도 되는 건가? (-1998)

# 게으른 선비 양반
## 晨興卽事

강의가 있는 날은 아무리 추워도 아침 일찍 일어나야 한다. 그래야 한술 밥이나마 느긋하게 먹고 한가한 전철을 탈 수 있다. 그러나 지금은 방학이니 그럴 필요가 없다. 그러다 보니 따뜻한 구들에 누워 게으름 피우는 재미가 제법 괜찮다. 옛날에 이색(李穡)[1]도 그랬던 모양이다. 그의 〈신흥즉사(晨興卽事)〉[2]를 보면 안다.

풍로에 국 끓고 까치도 울고,
아내는 부엌에서
간을 맞추고.

아침 해 높이 떠도 따뜻한 이불,

---

1) 李穡(1328~1396) : 고려 공민왕 때의 문신, 학자. 호는 목은(牧隱). 성리학 발전에 크게 공헌했다. 저서토 〈목은시고(牧隱詩藁)〉 등.
2) 晨興卽事 : 새벽(아침)의 흥을 즉흥으로 읊음.

세상일 모두 잊고
잠 좀 더 자자.


湯沸風爐鵲噪簷, 老妻盤櫛試梅塩[3].
日高三丈紬衾煖, 一片乾坤屬黑甛[4].

──〈大東詩選〉(漢詩, p.140)


자, 시 속으로 한번 들어가 보자. 풍로에 국이 끓는다. 영
감님 좋아하는 선지국일 게다. 까치가 운다. 멀리 사는 둘째
놈이 아이들이라도 데리고 오려나? 늙은 아내가 끓는 국의
간을 맞춘다. 입에 딱 맞을 게다. 하지만 이불 속이 따뜻해서
일어나기가 싫다. 에라, 그까짓 세상 일 다 잊고 잠이나 좀
더 자자. 그리고 해장을 하면 속이 확 풀릴 것이다. 펄펄 끓
는 선지국에 냉막걸리 한 대접, 그 맛은 아는 사람이나 안다.
귀하는 아시는가?

자, 이번에는 이 시의 지은이를 한번 생각해 보자. 나는 게
으름 피우는 재미를 제법 알기 때문에 이 양반의 일어나기
싫어하는 심정을 충분히 이해하지만, 부지런한 사람들의 눈
으로 보면 저렇게 게을러 가지고 무슨 일을 하느냐며 참 기
가 막힐 것이다. 그런데 이렇게 써 놓고 보니, 정말 이 양반
이 게으른 것인가 하는 생각이 든다. 아닌 것 같다. 아니, 절
대로 아니다. 만일 정말로 게으른 양반이었다면 어떻게 자기

---

3) 試梅塩 : 매실처럼 신지 소금처럼 짠지 시험한다. 즉, 간을 맞춘다.
4) 黑甛 : 낮잠.

이름을 오늘에 전했겠는가? 이것은 일 많이 하고 하루 쉬는 어느 날의 일일 것이다. 방학이라고 매일 아침 구들에 뒹구는 내 게으름하고는 전혀 다른 것이다.

나 같은 게으름이 굳어지면 아무 일도 성취할 수 없게 된다. 만사가 다 귀찮은데 무슨 일에 손을 대겠는가? 그러나 일 많이 하고 하루 쉬는 날에 피우는 게으름은 그 동안 쌓인 피로를 씻어 내고 새로운 활력을 공급하는 것이다. 귀하도 한번 피워 보시라. 이렇게 잘 알면서 나는 왜 매일 아침 구들에 뒹구는지, 원. (- 2001)

# 한겨울의 봄비
## 春興

한여름에 메리 크리스마스 하고 인사를 하는 사람이 있다. 농담이겠지만 혹 무더위가 지겨워서 그러는지 모른다. 나는 한겨울에 봄의 시를 읽는 버릇이 있다. 빨리 추위를 벗어났으면 해서 그러는 것이다.

지금은 한겨울, 어젯밤 내린 눈으로 우리 집 뜰이 온통 하얗다. 나는 그 눈 쌓인 뜰을 바라보면서 짤막한 봄의 시 한 수를 외었다.

오는지 마는지 가느단 봄비,
밤 들자 소록소록 소리 들리네.

눈 녹는 남쪽 내에 물이 불면은
풀싹들 파릇파릇 돋아나겠네.

春雨細不滴, 夜中微有聲.

雪盡南溪漲, 草芽多少生.

—— 〈東文選〉 (漢詩, p.130)

이 시는 정몽주(鄭夢周)[1]가 지은 것으로 제목은 〈춘흥(春興)〉[2] 이다. 나는 일찍이 이 시를 위와 같이 번역하고 다음과 같은 평설(실은 간단한 독후감)을 붙인 일이 있다.

이 시를 무심히 읽으면 이처럼 싱거운 시가 다시 없다. 봄비가 내리면 당연히 눈이 녹을 것이다. 눈이 녹으면 또 당연히 풀싹이 돋을 것이다. 세상에 이런 이치도 모르는 사람이 있는가? 소금이 짜다는 말보다 더 싱겁다.

그러나 이 시의 봄비를 사람으로 바꾸어서 다시 읽어 보면 그렇지가 않다. 문학은 결국 사람 이야기 아닌가? 세상에는 봄비 같은 사람이 있다. 그는 많은 사람들로 하여금 삶의 추위를 벗어나게 한다. 그들의 언 가슴을 훈훈히 녹이고 그 안에 파릇한 풀싹 같은 희망을 가지게 한다. 봄비, 얼마나 위대한 존재인가?[3]

갑자기 우리 집 뜰에 찬 바람이 인다. 매섭다. 눈가루가 어지럽게 흩날린다. 마른 가지에 앉은 참새 몇 마리가 꽁꽁 얼어붙은 듯 꼼짝도 않는다. 이 깊이 쌓인 눈속에 무엇이 있어

---

1) 鄭夢周(1337~1392) : 고려 공민왕 때의 문신, 학자. 호는 포은(圃隱). 성리학의 대가로 시문과 서화에 뛰어났다. 저서로 〈포은집(圃隱集)〉.

2) 春興 : 봄의 흥취, 봄의 흥겨움.

3) 졸저 : 〈한시를 읽는 즐거움〉.

주워먹었을까?

　남의 일로만 알았던 IMF 한파가 매섭게 몰아치고 있다. 너나 없이 가슴들이 얼어붙었다. 우리 서로, 서로의 언 가슴에 봄비가 되어 주자. 정다운 미소 한 번, 따뜻한 말 한 마디, 은근히 건네는 소주 한 잔을 사소한 것이라고 생각지 말자. 그리하여 우리의 언 가슴이 녹으면 그 안에 파릇한 희망이 싹 틀 것이다. 초근목피로 연명하던 보릿고개도 서로 돕고 나누며 함께 넘어온 우리 아닌가? 그러면 IMF 한파가 아무리 매섭게 몰아쳐도 우리는 웃음을 잃지 않고 이 강추위를 견뎌 낼 수 있을 것이다. (-1998)

# 절
### 題僧舍


“임금은 마땅히 신하가 간(諫)하는 말을 받아들이고, 부지
런히 공부하여 성인(聖人)의 도(道)를 행해야 한다.”

이렇게 말한 선비가 있었다. 그는 일찍이 문과(文科)에 올
랐다. 그의 문장은 명(明)나라 태조(太祖)도 감복했다고 한
다.[1] 강직한 성품, 탁월한 재능이다. 이숭인(李崇仁)[2], 나는
그의 시를 좋아한다.


　　푸른 산에 오솔길 호젓도 한데
　　송홧가루 비 맞아
　　노란히 지면,

---

1) 〈고려사(高麗史)〉.

2) 李崇仁(1349~1392) : 고려 공민왕 때의 문신, 학자. 호는 도은(陶隱).
　　성리학에 조예가 깊고 시문에 뛰어났다. 저서로 〈도은선생문집(陶隱先
　　生文集)〉. 외교 문서를 도맡아 썼다.

스님이 물을 길어 돌아간 절엔
떠도는 흰 구름에
파아란 연기.


山北山南細路分,　松花含雨落繽紛[3].
道人汲井歸茅舍,[4] 一帶靑煙染白雲.[5]

——〈大東詩選〉(古典詩, p.92)


　이 시의 제목은 〈제승사(題僧舍)〉다. 승사(僧舍)는 절(寺)
이니까 절에 대하여 쓴 시라는 뜻이다. 나는 일찍이 이 시를
위와 같이 번역하고 다음과 같은 감상을 덧붙인 일이 있다.


　푸른 산에 오솔길이 호젓하다. 송홧가루가 비를 맞아 노란
히 졌다. 자, 이 호젓한 오솔길을 천천히 따라가 보자. 작은
절이 하나 보인다. 하늘에는 흰 구름이 한가롭다. 절 안에서
누가 나온다. 물병을 든 스님이다. 스님은 우물에서 물을 길
어 다시 절 안으로 돌아간다. 이윽고 차 달이는 파아란 연기
가 피어오른다.
　이 시를 가만히 들여다보면, 노란 송홧가루, 하얀 구름, 파
란 연기가 보인다. 한결같이 깨끗한 빛깔들이다. 그 속에 맑
은 우물물로 차를 달이는 스님의 모습이 떠오른다. 다향(茶
香)까지 은은히 풍겨 오는 듯하다. 세상사 멀리 잊고 빈 마

---

3) 繽紛 : 너무 많고 성하여 어지럽다.
4) 道人은 도 닦는 스님, 茅舍는 띳집(여기서는 스님의 거처).
5) 染白雲 : (파란 연기가) 흰 구름을 물들인다.

음으로 사는 자유로운 모습이다. 빈 마음, 언제 이런 마음 한
번 가져 볼까?[6]

　"빈 마음, 언제 이런 마음 한번 가져 볼까?"
　내가 이런 감상을 적은 것은 나도 빈 마음 한번 가져 보았
으면 싶어서 그랬을 것이다. 그러나 이제 철이 좀 들고 보니
그것이 얼마나 당찮은 과욕(過慾)인가를 알게 된다. 빈 마음
으로 자유롭게 산다는 것은 나 같은 속인(俗人)으로 닿을 수
있는 경지가 아니다. 어떻게 세상사를 잊겠는가? 그저 거짓
말이나 좀 덜 하고 남에게 폐나 안 끼치고 살았으면 싶다. 그
것도 물론 쉽지는 않을 것이다. (- 2001)

---

6) 졸저 : 〈고전시를 읽는 즐거움〉.

# 낚시를 드리우고
## 江頭

"무얼 좀 남겨 보려고 애만 쓰다 그냥 이렇게 떠나네."

몇 달 후면 정년으로 물러날 어느 교수가 한잔 하는 자리에서 쓸쓸한 듯이 한 말이다. 나는 그 말을 들으면서 문득 오순(吳洵)[1]의 시를 생각했다. 제목은 〈강두(江頭)〉, 강나루 근처쯤으로 알아 두자.

끝없는 봄의 강물 밤안개 속을
낚시 하나 드리우고
혼자 앉았네.

잡은 건 몇 마리 민물고기뿐,
자라 낚을 헛된 꿈에
십 년이 갔네.

---

1) 吳洵 : 고려 때 사람이나 그 밖엔 미상. 훌륭한 시인인 것 같다.

春江無際暝烟沈, 獨把漁竿坐夜深.[2]

餌下纖鱗知幾箇,[3] 十年空有釣鰲心.[4]

——〈東文選〉(漢詩, p.116)

　낚시꾼이 하나 있었다. 자라 한 마리 낚으려고 봄 강물에 낚시를 드리웠다. 밤안개는 미래처럼 막막하고 봄 강물은 세월처럼 흘렀다. 돌아보니 어느덧 십 년, 그러나 자라는 낚지 못했다. 잡은 것은 다만 민물고기 몇 마리뿐, 세월은 자꾸 흐르는데.

　큰 뜻을 품고 고향을 떠난 소년이 있었다. 어느덧 십년 이십년, 그의 강물에 아름답던 봄은 어느덧 아득히 사라지고 이제는 한잎 두잎 낙엽이 흩날린다. 돌아보니 아득한 그 세월, 애를 태우며 동분서주했지만 그는 한낱 평범한 가장(家長)에 불과했다.

　자, 다시 낚시꾼에게로 돌아가 보자. 그는 그 동안 자기가 잡은 민물고기 몇 마리를 아주 하찮게 생각하는 듯하다. 그러나 이것은 잘못이다. 나는 그가 계속 자라 낚을 꿈을 잃지 않으면서 자기가 잡은 민물고기 몇 마리도 소중하게 생각하기를 바란다.

　소년의 경우도 마찬가지다. 평범한 가장은 왜 소중하지 않은가? 어린 자식들이 찬비 맞지 않도록 지붕 하나 되어 준 것만으로도 충분히 소중한 삶이다. 나는 그가 처음에 품었던

---

2) 漁竿 : 낚싯대.

3) 纖鱗 : 잔고기, 번역시에서는 민물고기라고 했다.

4) 釣鰲心 : 자라 낚을 마음.

뜻을 잃지 않으면서 평범한 가장인 것을 행복하게 생각하기
바란다.

자, 이번에는 앞에 말한 교수에게로 가 보자. 나는 그가 남
기려고 애쓴 것이 무엇인지 알지 못한다. 그러나 그는 나름
대로 부지런히 공부하고 열심히 가르친 사람이다. 나는 그가
자신의 그런 삶을 소중하게 생각하기 바란다. 물론 그 무엇
을 계속 추구하면서.

우리는 자라 낚을 꿈을 잃지 말아야 한다. 그러나 그 동안
자기가 잡은 민물고기 몇 마리도 소중하게 생각해야 한다.
그것은 내 삶 자체다. 하찮게 생각하면 내 삶도 함께 하찮아
진다. (-1998)

# 글자 말고 무엇을 배울까
## 卽事

"나도 서당(書堂) 하나 차리면 안 될까?"

하늘천(天) 따지(地) 검을현(玄) 누를황(黃), 내가 한자
(漢字) 몇 자는 아는 터이니 안 될 것도 없다. 아니, 한문(漢
文)도 몇 줄 읽었다. 나는 아까 길재(吉再)[1]의 〈즉사(卽事)〉[2]
를 읽으면서 혼자 이런 생각을 했다.

맑은 샘은 물 차고 큰 나무 그늘 좋고,
이따금 마을 애들 글 배우러 몰려 오고.

어떤가, 지낼 만하지.
물 차고 그늘 좋고.

---

1) 吉再(1353~1419) : 고려말 조선초의 학자. 호는 야은(冶隱). 조선 개
   국 후 조정에서 불렀으나 나가지 않았다. 저서로 〈야은집(冶隱集)〉.
2) 卽事 : 즉흥으로 읊음. 〈한거시(閑居詩)〉라고도 한다.

盥手淸泉冷, 臨身茂樹高.
冠童來問字, 聊可與逍遙.

——〈東文選〉(漢詩, p.144)

　어느 산촌에 은거한 선비 하나를 상상해 보자. 뜰에는 맑은 샘물이 차다. 높이 솟은 나무도 그늘이 넉넉하다. 선비는 그 샘물에 손을 씻고 그 그늘 아래 몸을 쉰다. 이따금 마을 애들이 글 배우러몰려 온다. 모두 귀여운 녀석들이다. 선비는 세상을 잊은 지 오래다.

　두 왕조를 섬길 수 없다 하여 새 왕조의 벼슬을 마다 한 선비의 시다. 언제 쓴 시인지는 알 수 없지만, 이 시에는 그런 깨끗한 정신이 스며 있다. 어느 왕조의 벼슬이든 벼슬이라면 못 받아 한인 사람도 많은데 선비는 세상을 잊은 지 오래다.

　다음은 길재의 화상(畫像)에 부친 매헌(梅軒)[3]의 찬(贊, 그림이나 글씨에 부치는 말)이다. 길지 않으므로 잠깐 옮겨 보면 다음과 같다.

　사람에게는 그 행할 도(道)가 있으나 그 행함이 뛰어난 사람은 흔치 않다. 오직 선생이 그에 가까울 뿐이다. 문관(文官)의 영예도 무관(武官)의 위세도 한낱 구름같이 보고 훌훌 턴 빈 마음으로 고향에 돌아갔다. 열 이랑 밭과 띳집 한 채, 그러나 책 쌓인 방에 관(冠)은 우뚝하고 도포(道袍)는 자락이 길었다.[4]

---

3) 梅軒 : 고려말 조선초의 학자 권우(權遇, 1363~1419)의 호인 듯.

4) 성현(成俔) : 〈용재총화(慵齋叢話)〉.

참으로 높은 스승이다. 글 배우러 몰려 오는 마을 애들은 이 스승의 얼굴 한번 뵙는 것만으로도 큰 가르침을 받았을 것이다. 스승의 곧은 삶, 그보다 더 위대한 교과서는 없다.

"나도 서당 하나 차리면 안 될까?"

안 될 것은 없다. 그러나 글 배우러 몰려 오는 마을 애들이 글 자 몇 자 말고 나에게 달리 무엇을 더 배우겠는가? 내가 무엇을 더 가르치겠는가?(-2001)

# 제3부
## 함부로 떠날 일이 아니다

# 매화와 선비

## 詠梅

새봄이니 신춘이니 하지만 아직은 겨울이다. 그런데 누구
네 집에 매화 두어 송이가 벌었다고 한다. 지금쯤 그 누구는
그 꽃을 보며 잔을 기울일 것이다. 나는 정도전(鄭道傳)[1]의
시 한 수를 읽는다. 매화를 읊은 시(〈詠梅〉)다.

옥처럼 맑은 모습,
얼음처럼 찬 마음.

해마다 눈서리에
추울 법도 하련만

봄날의 따뜻한 볕은

---

1) 鄭道傳(?~1398) : 고려말 조선초의 문신, 학자. 호는 삼봉(三峯). 조
   선 초의 문물 제도를 정비했다. 저서로 〈삼봉집(三峯集)〉.

꿈에도 모르니라.

鏤玉製衣裳, 啜氷養性靈.
年年帶霜雪, 不識韶光榮.

——〈東文選〉(漢詩, p.146)

매화 한 송이를 그려 보자. 옥을 쪼아 만든 듯 깨끗한 모습
이다. 거기 서린 기운이 얼음처럼 차다. 이런 모습 이런 기운
으로 매화는 눈 속에 핀다. 다른 봄꽃들은 모두 따뜻한 봄볕
을 골라 피지만 매화는 그럴 줄을 모른다. 만일 매화가 따뜻
한 봄볕을 골라 핀다면 그것은 매화가 아닐 것이다.

옛날의 선비 한 사람을 그려 보자. 옥처럼 고결한 인품, 얼
음처럼 차가운 신념, 이런 인품, 이런 신념으로 선비는 삶의
추위 속에서도 늘 의연하다. 다른 이들은 처음부터 따뜻함을
탐하여, 또는 추위를 견딜 수 없어 봄볕을 찾아 나서지만, 선
비는 그럴 줄을 모른다. 만일 그런다면 그는 이미 선비가 아
닐 것이다.

그렇다면 오늘은 어떨까? 옥처럼 고결한 인품, 얼음처럼
차가운 신념으로 사는 분도 많을 것이다. 그러나 안 그런 사
람도 많은 것 같다. 어제는 저쪽 볕에 서고 오늘은 이쪽 볕에
서고, 그래서 언제나 따뜻한 봄볕 속에 사는 사람들. 문득 조
지훈(趙芝薰)[2]의 〈지조론(志操論)〉 한 구절이 생각나기로 다
음에 적는다.

---

2) 趙芝薰(1920~1968) : 시인, 국문학자. 본명은 동탁(東卓). 고려대학
   교 교수 역임. 저서로 〈조지훈시선(趙芝薰詩選)〉 등.

　지조는 선비의 것이요 교양인의 것이다. 장사꾼에게 지
조를 바라거나 창녀에게 지조를 바란다는 것은 옛날에도
없었던 일이지만, 선비와 교양인과 지도자에게 지조가 없
다면 그가 인격적으로 장사꾼과 창녀와 가릴 바가 무엇이
있겠는가.[3]

　그러나 불의한 방법으로는 취하지 않는 장사꾼도 있고, 마
음만은 한 사람만 섬기는 창녀도 있으니, 이들이 오히려 매
화 아닌가. (- 2000)

---

3) 趙芝薰 : 〈조지훈전집(趙芝薰全集)〉.

# 봉우리의 높낮이
## 送人楓岳

　　지난번 우리 학교 입학 시험이 끝난 직후의 일이다. 학교
에서 이른바 입시 수당이라는 것을 나누어 주었다. 이것은
해마다 있는 일이다. 그런데 이번에는 어쩌 다른 교수들에
비해서 좀 적은 것 같았다. 기분이 별로 좋지 않았다. 그렇다
고 점잖은 체면에 따질 수도 없는 일이었다. 그런데 며칠 뒤
에 가만히 생각해 보니 학교의 처사가 옳았다. 입학 시험 때
내가 한 일이 별로 없었던 것이다. 그때 나는 성석린(成石
璘)[1]의 〈송인풍악(送人楓岳)〉[2]을 생각했다.

　　풍악(楓岳)을 가는가, 가면 보게나.
　　일만이천 높낮이가
　　모두 다르네.

---

1) 成石璘(1338~1423) : 고려말 조선초의 문신. 호는 독곡(獨谷). 시에
　　뛰어나고 글씨도 잘 썼다. 저서로 〈독곡집(獨谷集)〉.
2) 送人楓岳 : 풍악으로 사람(스님이라고 한다)을 보내며. 楓岳은 금강산.

아침 해가 불끈 솟아오르면
어느 봉이 제일 먼저
붉게 빛날까.


一萬二千峰, 高低自不同.
君看日輪上, 何處最先紅.

——〈小華詩評〉(漢詩, p.158)


그야 물론 가장 높은 봉우리다. 금강산 봉우리라고 해서
다 같은 것은 아니다. 솟아오르는 해는 한가지로 빛을 쏘지
만, 그 빛을 먼저 받고 늦게 받는 것은 봉우리의 높낮이에 따
라 서로 다른 것이다.

전에 내가 근무하던 중앙청 어느 부처에 나이는 나보다 한
두 살 위지만 직급이 나하-고 같은 친구가 하나 있었다. 그런
데 각 실국(室局)의 장(長)들은 그를 자기네 부서로 데려가
려고 애들을 썼다. 또 각 실국의 하급자들도 그가 어느 부서
에 있든 모두 그를 따랐다. 나도 과히 무능한 공무원은 아닌
데 왜 그에게만 그랬을까?

나는 나중에 그 까닭을 알게 되었다. 그는 내가 한 가지를
생각할 때 두 가지를 생각하고 내가 무슨 일을 미적거리고
있을 때 벌써 새 일을 시작했다. 동료가 시골에서 상을 당했
을 때 나는 인편에 부조만 하고 말았지만 그는 달려가 밤샘
을 했다. 각 실국의 장들, 하급자들, 그들이 공연히 데려가려
하고 따른 것이 아니다.

민주주의는 모든 사람이 평등하다고 한다. 그러나 이것은

언제나 똑같아야 한다는 뜻은 아니다. 역량에 따라, 인품에 따라, 이 밖의 이런저런 조건에 따라 그 받는 대접이 다른 것이다. 그런데 우리는 이런 사실을 잘 알면서도 똑같은 대접 받기를 바랄 때가 있다. 당연히 덜 받아야 할 임시 수당인데도 그걸 받고 언짢아한 나 같은 경우가 바로 그런 예이다. 우리가 무슨 일에서 똑같은 대접 받기를 바랄 때에는 겸허히 자신의 높낮이를 생각해 볼 일이다. (- 1999)

# 어부의 노래
## 漁艇

저녁 무렵 텔레비전 앞에 앉아 있노라면, 이따금 바다에서
고깃배들이 그물로 고기 잡는 장면을 더러 볼 수 있다. 많이
들 힘들겠지만, 갑판 위에 쏟아 놓은 그 펄펄 뛰는 고기떼,
기쁜 빛 흐르는 어부들의 그 검게 탄 얼굴들, 나는 그런 장면
을 보면 설장수(偰長壽)[1]의 〈어정(漁艇)〉이 떠오른다. 어정
은 곧 고깃배다.

그물을 던져라,
고기떼 뛰논다.

돌아오는 고깃배
힘든 노도 가벼워.

---

1) 偰長壽(1341~1399) : 고려말 조선초의 문신. 호는 운재(雲齋). 위그
르(Uighur) 사람으로 고려어 귀화했다. 저서로 〈운재집(雲齋集)〉.

여뀌풀 우거진 곳에
노랫소리 드높다.


撒網群魚急, 回舟一棹輕.
却從紅蔘岸, 齊唱竹枝聲[2].

──〈東文選〉(漢詩, p.148)


작은 고깃배 한 척을 상상해 보자. 서너 사람의 어부가 타
고 있다. 검게 탄 얼굴들이다. 고기떼가 보인다. 그물을 흩던
진다. 이윽고 영차 영차 그물을 끌어 올린다. 갑판 위에 고기
떼가 쏟아져 펄펄 뛴다. 아, 어느덧 배가 다 찼나 보다. 그럼
크고 싱싱한 고기 몇 마리 회쳐 소주 한잔씩들 착 하고 배를
돌리자. 힘든 노도 가볍기만 하다. 여뀌풀 우거진 곳에 노랫
소리가 드높다.

바다는 힘든 일터다. 갑자기 폭우가 쏟아지는 곳이다. 폭
풍이 부는 곳, 풍랑이 치솟는 곳이다. 그러나 어부들의 검게
탄 얼굴에는 강인한 삶의 의지가 있다. 갑판 위에 펄펄 뛰는
고기떼, 기쁜 빛 흐르는 어부들의 얼굴에는 삶의 환희가 있
다. 그리고 드높이 노래하며 돌아오는 그들에게는 삶의 낭만
이 있다. 의지가 있고 환희가 있고 낭만이 있는 그들의 삶,
우리가 알 수 없는 많은 어려움이 있겠지만, 나에게는 더없
이 건강한 삶으로 다가온다.

이렇게 쓰고 보니 좀 안타까운 모습도 한 가지 떠오른다.

---

2) 竹枝聲 : 남녀의 사랑이나 지방의 풍속 같은 것을 읊은 노래.

이른 아침 출근길의 지하철, 젊은이들의 그 힘없이 눈 감은 모습이다. 만사가 다 귀찮은 것만 같다. 아무리 찾아봐도 그들에게는 이렇다 할 의지도 환희도 낭만도 있을 것 같지가 않다. 저래 가지고 무슨 일을 할까? 이런 생각이 들 때가 이따금 있다.

각자 다 어려운 사정이 있어서 그렇겠지만, 그래도 힘 좀 내자. 가진 바 그물이 작은 것일지라도 힘차게 던져 보자. 잡은 바 고기가 당장은 많지 않더라도 기쁜 얼굴로 거두어 보자. 그리고 노래를 잃지 말자. 내 삶의 주체는 나 아닌가? 누가 대신 살아 주지 않는다. (- 2001)

# 목민관(牧民官)

## 贈彭城監務李君

　　지난 토요일 오후, 머리나 좀 식힐까 하고 들엘 나갔다. 드넓은 보리밭에 푸른 물결이 출렁거렸다. 마침 길가에 구멍가게가 하나 있었다. 나는 그 가게 들마루에 앉아 막걸리 한잔을 들었다. 문득 이첨(李詹)[1]의 시 한 수가 떠올랐다. 팽성(彭城) 고을 감무(監務)[2]에게 보낸 시(〈贈彭城監務李君〉)다. 팽성은 경기도에 있다.

　　자네 고을 삼월에 뻐꾸기 울면
　　이랑마다 보리 물결
　　구름 같겠네.

　　자네가 할 일이 그 무엇이뇨.

---

1) 李詹(1345~1405) : 고려말 조선초의 문신. 호는 쌍매당(雙梅堂). 문장과 글씨에 뛰어났다. 저서로 〈쌍매당집(雙梅堂集)〉.

2) 監務 : 작은 고을의 감독관. 원님이라고 생각해 두자.

농부님에 봄농사를
돕는 일일 뿐.


三月彭城布穀啼,[3] 千畦麥浪與雲齊.
使君日用非他事,[4] 點檢春耕東復西.

— 〈東文選〉(漢詩, p.150)


팽성 고을 감무 이군(李君)이 누군지는 알 수 없다. 아마 시인의 친구거나 후배쯤 되는 사람일 것이다. 어떻든 뻐꾸기 우는 삼월이 되었다. 보리 믈결이 길게 인다. 그래 시인은 이 시를 써서 그에게 보냈다.

이 시는 팽성 고을 감무로서 딴짓 하지 말고 부지런히 농부들의 봄농사를 도우라는 것이다. 그럼 딴짓은 무슨 짓인가? 무고한 백성들 잡아 족치며 알게 모르게 거두어들이는 짓, 가무와 주색으로 홍청거리는 짓, 서울 오르내리며 벼슬 운동 하는 짓, 한참 바쁜 농사철에 무슨 대단한 풍월 읊는다고 거드름 피우는 짓….

예나 지금이나 목민관(牧民官)은 힘든 길이다. 백성들의 행복을 위하여 헌신해야 할 그 길 아닌가? 그러므로 재물이 탐나는 사람은 그 길을 가지 말아야 한다. 가무에 주색 좋아하는 사람, 무슨 수단으로든 벼슬 높아지려는 사람, 멋부린다고 풍월이나 읊는 사람도 가지 말아야 한다. 목민관의 할

---

3) 布穀 : 뻐꾸기.
4) 使君 : 나라의 명을 받은 사람(여기서는 감무)을 친근하게 일컫는 말.

일이 그 무엇이뇨?

나는 막걸리 한 잔을 다시 따라 마시고 담배에 불을 붙였
다. 생전 가 본 적 없는 팽성 고을이 눈앞에 어른거렸다. 보
리밭 이랑마다 푸른 물결이 구름 같았다. 바쁘게 돌아다니며
농부들의 봄농사를 점검하는 감무의 이마에 땀이 솟았다.

팽성 고을의 보리 농사는 대풍을 이루었을 것이다. 백성들
은 가을걷이 때까지 비록 보리밥이지만 배불리 먹었을 것이
다. 감무가 임기를 마치고 떠날 때 그들은 울며 그를 보냈을
것이다. 빈 수레로 떠나는 그 감무….

나는 맛있게 막걸리 한 잔을 더 들고 일어났다. (-1998)

# 원님의 퇴근 후
## 竹長寺

"선생님 술 참 좋아하시나 봐요."

내 수필집을 읽은 어느 여류 수필가의 독후감 일성이다. 사실 나는 술을 좋아한다. 그래서 그런지 가령 정이오(鄭以<br>吾)[1]의 〈죽장사(竹長寺)〉[2]처럼 술과 전혀 관계가 없는 시를 읽을 때에도 그 시 속에 술 한 잔을 따라 부어야 시 맛이 난다. 자, 보자.

퇴근하신 원님께서 절엘 가셨네.
스님도 없나 보이,
길은 험한데.

제성단(祭星壇) 오르는 곳 봄바람 일러,

---

1) 鄭以吾(1354~1434) : 조선 세종 때의 문신, 시인 호는 교은(郊隱). 문
　 장으로 이름이 높았다. 저서로 〈교은집(郊隱集)〉.
2) 竹長寺 : 경북 선산(善山) 소재 절 이름. 竹杖寺라고도 한다.

살구꽃 반쯤 피고
산새는 울고.


衙罷乘閑出郭西, 僧殘寺古路高低.
祭星壇畔春風早, 紅杏半開山鳥啼.

──〈東文選〉(古典詩, p.218)


퇴근하신 원님께서 좀 한가하셨던 모양이다. 그래 그 한가한 틈을 타서 절엘 가셨다. 시에서는 말이 없지만 아이놈에게 술병 하나 들리고 가셨을 것이다. 이렇게 생각해야 시 맛이 나지 않겠나?

가 보니 절은 오래 되었는데 스님도 별로 눈에 안 띈다. 가는 길은 높았다 낮았다 퍽도 험했는데(초행이셨던 모양이다), 절 저만치 떨어진 언덕에 제성단(祭星壇)이 보였다. 사람의 수명을 관장하는 노인성(老人星)의 제단이다. 원님께선 천천히 그리로 가 보셨다. 오래 살게 해 달라고 빌러 가신 걸까? 그건 알 수 없다. 그러나 그런 생각이 다소 있으셨다 하더라도 제성단 이른 봄바람에 반쯤 핀 살구꽃, 우짖는 산새소리에 한잔 하시며 다 잊으셨을 것이다. 나는 이 시 속의 원님이 그지없이 좋다.

우선 그 한가하신 모습을 보라. 어떻게 이렇게 한가하실 수 있을까? 백성들이 다 편히 사니 일이 없어서 한가하신 것이다. 백성들 족쳐서 뜯어낼 궁리 안 하니 욕심이 없어서 한가하신 것이다. 권문(權門)에 벼슬 운동 안 하니 마음이 편해서 한가하신 것이다.

　다음으로 나는 원님께서 한가하실 때 봄의 자연을 찾아 절
엘 가신 것이 좋다. 만일 원님께서 남의 돈으로 골프나 가셨
다면 이 글을 쓰는 이 정 선생이 얼마나 섭섭할까? 원님께서
는 술을 좋아하시지만 호화 요정에 앉아 공술 같은 것은 자
시지 않을 것이다. 원님도 자기가 원님인지 뭔지 모르고 사
실 것이다.

　백성들이 자기 고을에 원님이 있는지 없는지 모르고 산다
든지 원님이 자기가 원님인지 뭔지 모르고 산다든지 하는 것
은 하나의 이상이지 현실은 아니다. 그러나 잊어서는 안 될
이상이다. (- 2001)

# 띳지붕 대울타리
## 偶題


길을 가다가 붉은 벽돌로 담을 친 깨끗한 양옥을 보면, 나
도 저런 집에서 한번 살아 봤으면 싶을 때가 있다. 물론 나만
그런 것은 아닐 것이다. 그런데 옛날에는 안 그런 사람도 있
었던 모양이다. 유방선(柳方善)[1]이 우연히 썼다는 시(〈偶
題〉)를 보면 그렇다.


> 띠 엮어 지붕 이고
> 대 심어 울 삼고.
>
> 산중의 한가한 맛
> 그대 아는가.

---

1) 柳方善(1388~1443) : 조선 초기의 학자. 호는 태재(泰齋). 학문에 정
통했으나 등용되지 못했다. 문하에서 서거정(徐居正) 같은 많은 선비가
배출되었다. 저서로 〈태재집(泰齋集)〉.

갈수록 깊어지는 정
띳지붕 대울타리.

結茅仍補屋，　種竹故爲籬.
多少山中味,[2]，年年獨自知.

——〈東文選〉(漢詩, p.162)


　자, 이 시 속을 한번 들여다보자. 작은 집이 하나 있다. 띠 엮어 지붕 이고 대 심어 울을 삼았다. 붉은 벽돌은 고사하고 낡은 기와 한 장도 눈에 띄지 않는다. 그런데도 이 집 주인의 마음은 그지없이 한가하다. 대체 이 마음의 한가는 어디서 오는 걸까?

　우선 띳지붕에서 한번 찾아보자. 띠풀로 이은 지붕, 가난하다는 뜻이다. 세상에서 멀다는 뜻도 있다. 생각컨대 이 집 주인의 마음의 한가는 아마도 저 끊임없는 물욕과 세사의 번잡으로부터의 해방, 자유, 거기서 오는 것이 아닌가 한다.

　다음은 대울타리. 하필이면 대를 심어 울타리를 삼았을까? 눈서리에도 굴하지 않는 그 푸른 지조를 배우고자 함이었을까? 그리하여 한번 신념을 굳히매 그는 어떤 유혹에도 초연할 수가 있었다. 그의 마음의 한가는 혹 이 초연에서 오는 것은 아닐까?

　그러나 말이 그렇지, 춥고 배고픈데 어떻게 물욕과 번잡에서 해방될 수 있을까? 어떻게 유혹에 초연할 수 있을까? 눈

---

2) 多少 : 흔히 얼마간이라는 뜻으로 쓰이지만 이 말에는 많다는 뜻도 있다.

한번 질끈 감으면 온갖 부귀영화가 흥부네 박처럼 쏟아지는
데. 몇 억, 몇 십억이 어디 돈인가? 그러나 이렇게 말하는 것
도 허황된 소리다. 아무나 눈 한번 질끈 감는다고 그리 되는
것이 아니다. 힘있는 사람이어야 한다. 힘없는 사람은 박속
도 얻어먹기 어렵다.

　발휘할 힘을 가졌으면서도 물욕과 번잡, 유혹, 이런 것들
로부터 자유로운 사람들을 우리는 선비라고 부른다. 그들은
늘 청빈과 지조를 숭상함으로써 마음이 한가로웠다. 붉은 벽
돌로 담을 친 깨끗한 양옥 같은 것은 생각지도 않았을 것이
다. 어째 좀 창피하다. (- 2001)

# 기원(祈願)
## 題僧軸

　며칠 안 있어 부처님 오신 날이다. 오늘 거리를 지나다 보니 많은 등이 달려 있었다. 그 등을 단 사람들은 무슨 기원(祈願)을 드렸을까? 무슨 기원을 드리며 그 등을 달았을까? 기원, 나는 그 등들을 보면서 이제(李禔)[1]의 〈제승축(題僧軸)〉[2]을 외었다.

　아침은 노을이나 마시고,
　저녁은 달이나 보고.

　외로운 암자에
　홀로 자는 밤,

---

1) 李禔(1394~1462) : 조선 태종의 장남인 양녕대군. 세종에게 성인의 덕이 있음을 알고 아우인 그에게 임금 자리를 물려 주기 위하여 일부러 방탕한 짓을 했다고 한다. 시와 글씨에 능했다. 풍류로 일생을 마쳤다.
2) 題僧軸 : 스님의 두루마리에 씀.

말 없이 다가서는
탑 한 층.


山霞朝作飯, 蘿月夜爲燈.[3]
獨宿孤庵下, 惟存塔一層.

——〈大東詩選〉(漢詩, p.172)


　자, 시 속을 한번 조용히 들여다보자. 어렴풋이 사람 하나
가 보인다. 아침은 노을이나 마시는 그런 사람, 쌀 한 톨도
없나 보다. 쌀 한 톨 없는데 초 한 자루 있을까? 저녁은 등불
삼아 달이나 본다. 밤은 암자(초막)에서 혼자 잔다. 집도 없
고 함께 잘 사람도 없나 보다. 모두 버렸는가? 아무것도 가
진 것이 없다.

　누구일까, 그 사람? 임금 자리를 버린 양녕대군(讓寧大
君), 그런 그가 무엇을 탐하여 가지려 하겠는가? 아침 노을,
저녁 달, 밤의 암자 하나면 족하다. 그러나 그도 사람, 마음
속 깊은 곳에 탑 하나는 간직하고 있었다. 무엇을 기원하는
탑이었을까? 알 수 없다. 그러나 그지없이 청정(清淨)한 기
원이었을 것이다.

　이런 시를 읽으면 자신의 치졸한 삶이 부끄럽게 떠오른다.
쌀독에 쌀이 가득 차 있어도 더 쌓아 두려고 한다. 충분히 밝
은 불인데도 이방 저방 더 밝은 불을 켜 놓으려고 한다. 살기
에 별 불편이 없는 집(암자가 아닌)인데도 아등바등 한 평이

---

3) 蘿月 : 댕댕이 잎새 사이로 보이는 달. 흔히 달의 보통명사로 쓰인다.

라도 더 늘리려고 한다. 그러면서도 마음 속 깊은 곳에 청정한 기원의 탑 하나 간직할 줄을 모른다. 저밖에 모르는 헛된 욕심만 가득할 뿐.

자, 다시 거리로 나가 보자. 며칠 안 있어 부처님 오신 날이다. 수많은 등들이 여기저기 달려 있다. 한 번 더 물어 보자. 저 등들은 각각 무엇을 기원하며 단 것일까? 그러나 그것이 쌀이나 더 달라는, 불이나 더 밝게 해 달라는, 집이나 더 늘려 달라는 그런 기원이 아니기를 나는 지금 부끄러움 속에 빌고 있다. (－1998)

# 댓잎자리 보았네

## 述樂府辭

　오늘 아내와 함께 시장엘 갔다가 이불 파는 곳을 지나게
되었다. 특별히 이불 살 일도 없는데 분홍색 비단이불 한 채
가 눈을 끌었다. 겨울에 덮으면 퍽도 가볍고 따뜻할 것 같았
다. 그런데 참 이상한 일, 그 좋은 이불을 보면서 나는 왜 그
리도 궁상맞은 김수온(金守溫)[1]의 〈술악부사(述樂府辭)〉[2]가
떠올랐는지 모르겠다.

　　겨울밤 찬 바닥에
　　댓잎자리 보았네.

　　님하고 나하고

---


1) 金守溫(1409~1481) : 조선 세조 때의 학자, 문신. 호는 괴애(乖崖),
　식우(拭扰). 고전에 밝고 문장에 능했다. 저서로 〈식우집(拭扰集)〉.
2) 述樂府辭 : 악부의 가사를 말함. 이는 고려 속요 〈만전춘(滿殿春)〉의 일
　부를 한역한 것.

꼭 안고 누웠네.

차라리 얼어 죽어도
닭아 닭아 우지 마라.


十月層氷上, 寒凝竹葉棲.
與君寧凍死, 遮莫五更鷄.

——〈大東詩選〉(漢詩, p.176)

참 어지간히도 가난했던 모양이다. 그 추운 겨울에 불기 하나 없다. 찬 바닥에 마른 댓잎을 가져다 깔았다. 그리고 둘이 꼭 안고 누웠다. 얼어 죽어도 좋았다. 사랑은 그런 것, 제발 새벽닭이나 울지 말아라. 날이 새면 또 떨어져야 한다. 오늘 시장에서 본 그 가볍고 따뜻한 이불이나 한 채 사다 덮어 주었으면….

옛날 어느 대감댁 아들이 바람이 나서 날마다 늦게 돌아왔다. 이미 다른 여자에게 마음이 간지라, 한 이불 속에 자도 제 마누라하고는 남남이었다. 속이 썩을 대로 다 썩은 그 아내가 어느 날 남편 간 곳을 찾아 헤매다가 날이 저물어 돌아오게 되었다. 그때 다리 밑의 불빛 빤한 움막에서 간간이 웃음 소리가 새어나왔다. 여인이 무심히 다가가 들여다보았다. 거지 내외가 서로밥을 떠먹이면서 그렇게 웃고 있었다. 여인은 저도 모르게 한숨이 나왔다.

찬 바닥에 댓잎을 깔고 살아도 행복한 사람들이 있다. 서로 사랑하며 함께 있고 싶어하는 사람들. 따뜻한 방 안에 비단이불을 덮고 살아도 불행한 사람들이 있다. 속으로 딴생각하며 마지못해 사는 사람들. 서로 사랑하며 함께 있고 싶어 하는 사람들이 따뜻한 방에서 비단이불을 덮고 산다면 이보다 더 좋은 일은 없을 것이다. 그러나 그렇지 못하여 가난한 행복과 부유한 불행 중 꼭 하나만을 선택하라면 이 글을 쓰는 나는 어느 쪽을 선택하게 될까? 귀하는?

어째 내가 이 글을 공연히 쓴 것 같다. 지금 세상에 누가 가난한 행복을 행복이라 생각하고 부유한 불행을 불행이라 생각하겠는가? 무엇이든 돈이 있어야 하고 또 돈이 있으면 다 되는데. (- 1998)

# 고사리

## 題寒雲曉月圖

오늘 강의 시간에 백이(伯夷)와 숙제(叔齊) 이야기가 나왔
다. 이 두 사람(형제)은 의(義)를 저버린 주(周)나라 곡식은
먹을 수 없다 하여 서산(西山, 수양산)에 들어가 고사리로 연
명하다 굶어 죽었다. 지금도 이들은 의인으로 추앙받는다.
나는 이야기 끝에 박팽년(朴彭年)[1]의 〈제한운효월도(題寒雲
曉月圖)〉[2]를 적어 주었다.

나부끼는 풀잎도 봄을 아는데
뉘라서 눈바람을 좋다 하겠나.

아니지, 풀잎이야 몰라 그렇지.

---

1) 朴彭年(1417~1456) : 조선 세종 때의 문신, 학자. 호는 취금헌(醉琴
軒). 사육신(死六臣)의 한 분.
2) 題寒雲曉月圖 : 찬 구름과 새벽달을 그린 그림을 보고 씀.

고사리로 연명하던 그 사람 알지.


紛紛衆卉覺芳辰, 誰向窮陰風雪親.
植物無知猶爾許, 西山獨有採薇人.[3]

──〈海東雜錄〉(漢詩, p.166)


고사리로 연명하던 그 사람, 곧 백이와 숙제다. 의를 저버린 주나라를 모르는 체만 했어도 고사리로 연명하다 굶어 죽는 일은 없었을 것이다. 그들은 불의와 타협할 수가 없었던 것이다.

자, 이번에는 우리 역사의 현장으로 한번 가 보자.

세조(世祖)[4]가 노하여 소리쳤다.

"이미 신(臣)이라 칭하고 녹(祿)까지 먹고서 배신인가?"

박팽년이 대답했다.

"신이라 칭한 일도 녹을 먹은 일도 나는 없소."

박팽년이 충청감사(忠淸監司)가 되어 장계(狀啓, 임금에게 올리는 일종의 보고)한 것을 보니 한 군데도 신이라 칭한 데가 없고, 세조가 준 녹은 그대로 창고 안에 봉해져 있었다. 세조는 박팽년의 인물이 아까웠다. 핑계만 있으면 어떻게 든 살리고 싶었다.[5]

그러나 박팽년은 죽음의 길을 택했다. 그는 왕위를 찬탈한

---

3) 採薇人 : 고사리 꺾는 사람, 즉 백이와 숙제.

4) 世祖(1417~1468) : 조선 제7대 임금. 단종을 축출하고 왕위에 올랐다.

5) 권별(權鼈) : 〈해동잡록(海東雜綠)〉.

세조의 불의와 타협할 수가 없었다. 의를 지켜야 했다. 그는 의가 목숨보다 더 소중하다고 믿었던 것이다.

그럼 이번에는 자신을 한번 돌아보자.

나는 아직까지 의를 지킬 것인가 불의와 타협할 것인가를 선택해야 하는 어려운 상황은 맞아 본 일이 없다. 그러나 만일 그런 상황에 처한다면 어떻게 될까? 누가 슬그머니 돈 한 다발 찔러 준다면, 높은 자리 하나 마련해 놓고 와 앉으라면, 힘있는 사람이 눈 한번 딱 부릅뜨고 노려본다면, 그럴 때 나는 어떻게 될까?

"저를 시험에 들지 말게 하옵시며 다만 악에서 구하소서."

이만 부끄러운 붓을 멈추자. (– 2000)

# 눈과 매화

## 次尹洪州梅花詩韻

 

 

흰 눈이 내려서 누가 나를 좀 불러 주었으면 싶을 때, 술이나 한잔 하자는 전화는 그런 복음(福音)이 다시 있을 수 없다. 나는 물론 서둘러 집을 나선다. 옛날 서거정(徐居正)[1]도 어느 눈 오는 날에 그의 친구를 불렀던 모양이다. 마침 그의 집에는 매화도 몇 송이 벌고 있었다. 그의 〈차윤홍주매화시운(次尹洪州梅花詩韻)〉[2]을 보면 그 흰 눈과 매화가 손에 닿을 듯이 다가온다.

하얗게 눈 내리면

---

1) 서거정(1420~1488) : 조선 성종 때의 문신, 문인. 호는 사가정(四佳亭). 시문에 뛰어났다. 저서로 〈사가정집(四佳亭集)〉, 〈동인시화(東人詩話)〉 등, 편저로 〈동문선(東文選)〉.

2) 次尹洪州梅花詩韻 : 윤홍주의 매화시 운을 따서 지음. 윤홍주는 홍주(지금의 충남 홍성) 고을의 원일 것이나 누군지는 알 수 없다. 원제에는 이 제목에 〔겸동오군자(兼東吳君子)〕란 말이 이어져 있는데 이는 미상.

매화 곧 피려니.


천지에 맑은 기운
눈 매와 하나리라


그대여, 흰 눈 밟으며
매화 보러 오게나.


梅花如雪雪如梅, 白雪前頭梅正開.
知是乾坤一淸氣, 也須踏雪看梅來.

―― 〈東文選〉 (漢詩, p.180)


하얗게 눈 내리면 매화도 곧 핀다. 그 핀 매화는 눈같이 맑고, 그 내린 눈은 매화같이 맑다. 천지에 맑은 기운이 있다면 오직 이들뿐이 아니겠는가? 그래서 시인은 그의 친구에게 말했다.

"그대여, 흰 눈 밟으며 매화 보러 오게나."

자, 흰 눈 밟으며 매화 보러 가는 선비 하나를 상상해 보자. 그가 밟고 가는 흰 눈은 지금 막 내린 것이어서 그지없이 깨끗할 것이다. 그는 그 눈을 밟으며 자신의 정신 세계가 그렇게 깨끗하기를 염원할 것이다. 그럴 때 나라면 무얼 바랄까? 그저 눈길에 넘어지지나 않았으면 할 것이다.

이번에는 매화를 바라보는 그의 모습을 상상해 보자. 그가 바라보는 매화에선 그윽한 향기가 풍길 것이다. 그는 그 향기를 맡으면서 자신의 인격에서도 그런 향기가 나기를 기원할 것이다. 그럴 때 나라면 무얼 바랄까? 쓸데없는 이런저런 잡담이나 늘어놓으면서 어서 술상이나 들어왔으면 하지는 않았을까?

흰 눈처럼 깨끗한 정신 세계, 매화처럼 향기로운 인격, 그런 맑은 모습으로 한 삶을 살고 싶을 때가 있다. 그러나 눈길에 넘어지지나 않기를 바라는 사람, 술상이나 어서 들어왔으면 하는 사람으로서는 터무니없는 과욕일 것이다. 흙발자국이나 내지 않았으면, 악취나 풍기지 않았으면 그나마 다행이겠다. (- 2001)

# 동백꽃

## 生陽館山茶盛開吟成一絶

오늘 좀 무료해서 옛 시집을 들추는데, 전에 아내에게서 들은 이야기 한 토막이 문득 생각났다. 의대를 나온 집안 좋은 청년이 은행 창구에 앉은 여상 출신의 가난한 처녀와 결혼을 약속했는데, 청년의 부모는 절대로 안 된다 하고, 청년은 또 그 처녀 아니면 결혼하지 않겠다고 한다는 것이다. 이 이야기가 문득 생각난 것은 강희맹(姜希孟)[1]의 〈생양관산다성개음성일절(生陽館山茶盛開吟成一絶)〉[2]을 읽고 나서 담배 한 대 피울 때였다.

동백꽃 환히 피어 불은 타는데,
먼 먼 외진 데라 보는 이 없네.
해마다 작은 뜰 안에 저 혼자 피고 지네.

---

1) 姜希孟(1424~1483) : 조선 세종 때의 문신. 호는 사숙재(私淑齋). 문장과 글씨가 뛰어났다. 저서로 〈사숙재집(私淑齋集)〉.

2) 生陽館山茶盛開吟成一絶 : 생양관 동백꽃이 성개했기로 절구 한 수 이룸.

山茶花發簇嫣紅, 歲久根盤作大叢.
自是地偏車馬少, 年年開謝小園中.

──〈東文選〉(漢詩, p.178)

어느 외딴집 작은 뜰에 동백꽃이 환히 피어 불타듯 한다. 꽃이 저리 좋으니 그 뿌리는 또 얼마나 튼실하랴. 아름답고 미더운 모습이다. 그러나 외딴집 작은 뜰이라 아무도 와 보질 않는다. 동백꽃도 어느 새 철이 들었는지, 세상 인심이라는 게 다 그러려니 하고 해마다 저 혼자 피고 진다. 눈 밝은 사람이 있었더라면 아무리 외진 작은 뜰이라도 가리지 않고 찾아왔을 것을.

옛날의 한 처녀를 상상해 보자. 동백꽃처럼 얼굴도 환하고 그 뿌리처럼 마음도 곧다. 그러나 집안이 가난해 중매 하나 안 든다. 처녀도 어느 새 철이 들어 세상 인심이라는 게 다 그려러니 하고 해마다 저 혼자 나이를 먹는다. 눈 밝은 총각이 그리도 없던가?

옛날 신라의 저 유명한 강수(强首)[3]는 아주 미천한 대장간집 딸을 아내로 삼았다. 그가 선택한 것은 가문이나 학벌 같은 것이 아니었다. 사람 자체였다. 대장간집 딸, 그녀는 미천한 신분이었지만 탁월한 인품을 지닌 여인이었다. 강수는 참으로 눈이 밝았다.

그럼 은행 창구의 처녀를 선택한 그 의대 출신의 집안 좋은 청년의 눈은 어떨까? 나는 알 수 없다. 그러나 집안 형편

---

3) 强首(?~692) : 신라 태종무열왕 때의 유학자. 문장이 탁월했다.

이나 학벌 같은 것에 구어받지 않은 것을 보면 적잖이 믿음이 간다. 그 후 그들이 결혼했다는 말을 풍문에 들은 일이 있다. 어떻든 나는 지금, 그 처녀도 대장간집 딸처럼 높은 인품이어서 그 의대 출신 청년의 눈 밝음이 그 부모에게 입증되기를 바란다.

이제 이 글을 마치려 하니 불타듯 환히 핀 외딴집 작은 뜰의 그 동백꽃이 눈앞에 어려 온다. 한 번도 본 적 없는 그 가난한 집안의 처녀, 미천한 대장간집 딸, 은행 창구의 그 처녀도 붓끝에 어린다. 결혼은 무엇과 하는가, 문득 이런 질문이 떠오른다. (− 1999)

# 가을의 편지
## 謾興

　　김시습(金時習)[1]의 시에 〈만흥(謾興)〉이라는 것이 있다. 멋대로 일어나는 흥이라는 뜻이다. 모두 세 수로 되어 있는데, 나는 그 셋째 수가 좋아서 번역해 본 일이 있다.

　　산에 사는 스님이
　　나를 오라네.

　　죽순도 한창이고 알밤도 굵고
　　뜰 하나 가득이 이끼 푸르니,

　　어서 와 거문고나
　　함께 타자네.

---

1) 金時習(1435~1493) : 조선 세종 때의 문인, 생육신의 한 분. 호는 매월당(梅月堂). 저서로 〈매월당집(梅月堂集)〉, 〈금오신화(金鰲新話)〉.

山人招我歸來篇, 笋已成林栗如拳.

滿庭風雨養莓笞, 秋露濕緩梧桐絃.[2]

——〈續東文選〉(古典詩, p.222)

내가 이 시를 좋아하는 것은 그 무르익은 가을 때문이다. 나는 죽순이나 이끼 같은 것은 잘 모르지만 알밤이 굵다는 말 한 마디로 천하의 가을을 느낀다. 내가 자라던 어린 시절 우리 마을 안산 골짜기에도 가을이 깊으면 굵은 알밤이 뚝뚝 들었다. 나는 이런 무르익은 가을이 좋기 때문에 이 무르익은 가을을 담아 시인을 부르는 스님의 편지도 퍽 좋다.

저자에 사는 김 선생에게

지금 대밭에 죽순이 한창입니다. 골짜기마다 굵은 알밤이 뚝뚝 떨어집니다. 뜰 하나 가득이 푸른 이끼가 그윽도 합니다. 거문고가 김 선생의 손길을 기다리고 있습니다. 어서 돌아오십시오.

자, 여러분이라면 이 편지를 받고 무슨 답장을 쓰겠는가? 사람마다 똑같지는 않을 것이다. 다음은 내가 써 본 답장이다. 시인이나 스님이 이 글을 본다면 그들은 뭐라 할까?

산에 사는 스님에게

돌아가고 싶습니다. 죽순 한창인 대밭, 알밤 떨어지는 골

---

2) 梧桐絃 : 거문고 줄. 거문고는 오등나무로 만든다.

짜기, 푸른 이끼 가득한 뜰, 모두 눈에 선합니다. 돌아가 거문고 한곡조 타고 싶습니다. 그러면 한가와 자유 속에 살 수도 있겠지요. 그러나 이 저자에는 떨쳐버릴 수 없는 현실이 있습니다. 마음으로 거문고를 타며 이 현실을 이끌까 합니다. 안녕히.

절에 돌아가 거문고를 타며 지내는 것도 좋을 것이다. 그러나 이끌어야 할 현실이 있는 시인이라면 어찌해야 할까? 귀하라면? (- 2001)

# 지리산(智異山)
## 遊頭流到花開縣

어제 저녁 무심히 텔레비전을 켰더니, 한 가수가 〈화개(花開)장터〉를 부르는데 노래도 잘 하지만 신명도 참 대단했다. 나는 그 노래를 들으면서 옛 시 한 수를 생각했다. 정여창(鄭汝昌)[1]의 〈유두류도화개현( 遊頭流到花開縣)〉[2], 지리산을 다 올라 보고 화개 고을에 이른다는 것이다. 다음 번역시의 보리 익는 마을이 곧 화개다.

부드러운 부들풀에
바람 가볍네.

첩첩한 지리산을 다 올라 보고
보리 익는 마을로 배를 띄웠네.

---

1) 鄭汝昌(1450~1504) : 조선 성종 때의 문신. 호는 일두(一蠹). 성리학의 대가였다. 저서로 〈일두집(一蠹集)〉.
2) 頭流 : 두류산, 곧 지리산. 遊는 여행한다는 뜻.

風蒲獵獵弄輕柔, 四月花開麥已秋.
看盡頭流千萬疊, 孤帆又下大江流.

——〈大東詩選〉(漢詩, p.190)

한 선비가 지리산을 올랐다. 첩첩 높은 봉들, 참으로 장엄했다. 선비는 그 장엄한 지리산을 다 올라 보았다. 그 다음엔 내려와 배를 띄웠다. 높은 데는 다 보았으니 낮은 데도 둘러볼 생각이었다. 드디어 배가 닿았다. 화개 고을이었다. 보리가 익어 있었다.

한 선비가 공부를 시작했다. 첩첩 높디높은 학문의 세계, 참으로 심오했다. 선비는 그 심오한 세계를 다 섭렵했다. 그 다음엔 책을 덮고 마을로 향했다. 학문은 웬만큼 닦았으니 현실도 좀 보자는 생각이었다. 그 다음 이야기는 알 수 없다.

여러분은 그 다음 이야기를 어떻게 상상할는지 모르겠다. 어떻든 첩첩 높은 지리산을 다 올라 본 선비라면 보리 익는 화개 고을을 아주 신나게, 어제 저녁 그 가수의 노래처럼 신명나게 만들었을 것이다. 그런데 아무리 노력을 해도 화개 고을의 행복이 증진되지 않는다면 그는 자신을 질책하며 미련 없이 떠났을 것이다.

그러나 지리산 중턱에도 못 올라 본 사람은 안 그럴 것이다. 화개 고을의 보리 농사가 흉작은 아닌지, 머잖아 다가올 장마에 무너져 내려앉을 보리밭둑은 없는지, 아무것도 모르고 그냥 눌러앉아 있을 것이다. 그러다가 화개 고을에 무슨 문제라도 드러나면 그것은 이런 저런 탓이요 내 탓은 아니라고 변명에 급급할 것이다.

이제 이 글을 마쳐야겠다. 지금도 지리산을 오르는 사람은 많다. 그들 중에는 또 장차 화개 고을로 내려갈 사람이 많을 것이다. 사실은 화개 고을로 내려가기 위해서 먼저 지리산을 오르는 것인지도 모른다. 이것은 퍽 자연스러운 일이요 동시에 화개 고을 백성들이 바라는 바다. 그러나 지리산 근처 또는 그 중턱이나 서성거리다 만 사람은 안 그랬으면 싶다. 화개 고을 백성들이 불행해진다. (-1998)

# 옛벗 생각
## 八月十五夜

　　일흔네 살의 수필가 한 분이 있다. 그런데 얼마 전에 동갑
인 소설가 한 분이 타계했다. 두 분은 절친한 사이였다. 노수
필가는 밥도 못 먹고 잠도 못 잤다. 나는 이 말을 전해 듣고
이행(李荇)[1]의 〈팔월십오야(八月十五夜)〉를 생각했다.

　　평생에 사귄 벗들 어찌 되었노.
　　흰 머리로 손 잡고
　　서로 본다네.

　　오늘처럼 누각에 달 밝은 밤에
　　저 슬픈 피리 소릴
　　어찌 듣겠노.

---

1) 李荇(1478~1534) : 조선 중종 때의 문신. 호는 용재(容齋). 문장과 글
　　씨, 그림에 두루 뛰어났다. 저서로 〈容齋集〉.

平生交舊盡凋零, 白髮相看影與形.[2]
政是高樓明月夜, 笛聲妻斷不堪聽.

——〈容齋集〉(古典詩, p.226)

평생에 사귄 벗들 어찌 되었는가? 다 늙었다. 그 중에는 병들어 누운 사람도 있고 이미 떠난 사람도 있다. 산 사람끼리 혹 어쩌다 만나면 흰 머리로 손을 잡고 서로를 찬찬히 본다. 많이도 늙었구나. 얼마나 더 살까? 달 밝은 이 밤, 저 슬픈 피리 소리, 죽은 벗이 그리워 차마 들을 수가 없다. 오늘은 팔월 보름 한가위다. 차례나 제대로 얻어먹었을까?

위에 말한 노수필가는 내가 참여하고 있는 어느 수필가들의 모임에 함께 참여해 은 분이다. 이 모임은 한 달에 한 번씩 정기적으로 모인다. 그런데 한 번도 빠진 적이 없는 그분이 그 소설가가 작고한 뒤로 벌써 두 달을 나오지 않는다. 지난 토요일 어느 결혼식장에서 그분을 만났다. 내가 까닭을 묻자 그분이 말했다.

"나가야지요. 그런데 힘이 빠져서….."

그리고 그분은 쓸쓸히 웃으면서 다음과 같이 말을 이었다.

"그 친구 죽고 나니까 밥도 못 먹겠고 잠도 못 자겠고 읽기도 쓰기도 싫었어요. 힘이 쭉 빠져서 어디 가기도 싫었고. 그런데 산 사람은 또 이렇게 먹고 자고 돌아다니네요."

나는 돌아오는 전철 속에서 내 친구 중 죽은 사람 몇을 잠시 생각했다. 나는 그들이 죽었을 때 퍽 슬퍼했지만 제대로

---

2) 影與形 : 그림자와 형체. 서로 떨어질 수 없는 사이(친구)의 비유인 듯.

밥 먹고 잠도 잘 잤다. 그럼 내가 죽었을 때 살아 있는 내 친구들은 어떨까? 그들도 물론 내 죽음을 슬퍼할 것이다. 그러나 내가 그들에게 무엇 하나 쌓은 게 없으니 밥 못 먹고 잠 못 잘 사람은 아마 없을 것이다.

나는 이 시의 주인공(시적 자아)과 위에 말한 노수필가의 그 슬퍼하는 모습이 여간 아름답게 느껴지질 않는다. 그리고 그런 친구도 될 수 없고 그런 친구도 없는 내가 좀 딱하게 생각된다. (- 2001)

# 반가움에 관하여
## 鏡浦別墅次韻

 

이따금 생활에 권태가 일면, 이것저것 툭툭 털고 어디 친
구네 집이라도 다녀오고 싶을 때가 있다. 그러나 내 권태 풀
자고 바쁜 사람 찾아가 한가롭게 노닥거릴 수는 없는 일이어
서 그냥 집에 앉아 소주 한잔 하고 만다. 신광한(申光漢)[1]의
시 〈경포별서차운(鏡浦別墅次韻)〉[2]을 보면, 그는 나 같은 생
각 하지 않고 멀리 경포(鏡浦)로 그의 친구를 찾아갔던 모양
이다. 한가한 세월이어서 그랬을까?

아무도 없는가, 닫힌 사립문.
어허, 밤이슬에
옷은 젖는데.

---

1) 申光漢(1484~1555) : 조선 중종 때의 문신. 호는 기재(企齋), 낙봉(駱
  峰). 시에 뛰어났다. 저서로 〈기재집(企齋集)〉.
2) 鏡浦別墅次韻 : 경포의 별장에서 남의 시의 운을 따라 씀.

흔들리는 초롱불, 개 짖는 소리

아하, 이 사람이

이제 오는군.


沙村日慕扣柴扉, 夕露微微欲濕衣.

江露火明聞犬吠, 小童來報主人歸.

—— 〈大東詩選〉 (漢詩, p.202)


우리 각자 신광한이 되어서 시 속으로 들어가 보자.

나는 지금 멀리 경포, 내 친구네 별장을 찾아가고 있다. 별장이래야 초가삼간에 사립문 단 작은 집이다. 하룻밤 묵으면서 쓴술이라도 한잔 하고 세상 돌아가는 이야기도 하고, 그럴 생각으로 가는 것이다. 그러느라면 회포도 풀리고 권태도 달아날 것이다.

그런데 친구가 없다. 여간 섭섭한 게 아니다. 약속 없이 찾아왔으니 원망할 수도 없다. 밤이 깊어 간다. 주인 없는 집에 함부로 들어갈 수도 없는 일, 밤이슬에 옷이 젖는다. 그러나 주막으로 갈 생각은 없다. 언제든 돌아올 때까지 밖에서 기다릴 것이다.

얼마나 지났을까? 저만치 강을 따라 난 길에 초롱불이 흔들거렸다. 개 짖는 소리도 들렸다. 아하, 이 사람이 이제 오는군. 반가웠다. 흔들리는 초롱불도 반갑고 개 짖는 소리도 반가웠다. 그는 반색을 하며 나를 별장으로 이끌었다. 하늘에 푸른 별이 깨끗도 했다.

자, 이제는 시 속에서 나와 각자의 현실로 돌아가자.

이 시는 이렇다 할 뜻이 없다. 한 폭의 그림일 뿐이다. 그러나 흔들리는 호롱불이 반갑게 다가오고 개 짖는 소리가 반갑게 들리고 친구의 반색하는 모습이 반갑게 달려온다. 이 시는 이렇다 할 뜻은 없지만 이런 반가움이 넘친다. 사람의 사람다운 모습이다.

요즈음의 우리는 어떨까? 밤이슬을 맞으며 친구를 기다리지 않는다. 그러므로 늦게 돌아오는 친구가 반가운지 어떤지 알지 못한다. 하물며 초롱불과 개 짖는 소리랴. 반가움을 모르는 시대. (- 2001)

# 어떤 벌금 이야기
## 卽事

"찬은 마음대로, 그러나 남기시면 벌금 1000원입니다."

이른바 IMF 한파라는 것이 닥치기 훨씬 이전, 어느 대중 음식점에서 본 글귀다. 붓으로 정성껏 쓴 것이었다. 그러나 정말로 벌금을 받는 것 같지는 않았다. 벌금도 안 받으면서 왜 이런 글귀를 써 붙였을까? 나는 그 글귀를 보면서 문득 이런 의문과 함께 옛날 김정(金淨)[1]의 시 〈즉사(卽事)〉[2]를 떠올린 일이 있다.

> 바람 찬 황야에 해는 지는데
> 마을로 날아드는
> 주린 가마귀.

---

1) 金淨(1486~1520) : 조선 중종 때의 문신. 호는 충암(冲菴). 시문과 그림에 두루 능했다. 저서로 〈충암집(冲菴集)〉.

2) 卽事 : 즉흥으로 읊음.

저녁 연기 쓸쓸한 비인 숲에는
사립문 닫혀 있는
오두막 하나.


落日臨荒野, 寒鴉下晚村.
空林煙火冷, 白屋掩柴門.

—— 〈大東詩選〉 (漢詩, p.196)

　바람 찬 황야에 해가 진다. 굶주린 가마귀 떼가 마을로 날아내린다. 저녁 연기도 시원찮은 이 마을에 무슨 주워먹을 것이 있을까? 빈 숲 아래 오두막이 하나 보인다. 사립문이 닫혀 있다. 살길 없어 떠났는가, 인기척이 없다.

　일제 말기의 일이다. 우리가 농사지은 쌀은 저들이 다 빼앗아 갔다. 먹을 것이 없었다. 초근목피(草根木皮)로 연명을 했다. 살 길 없어 고향을 떠나는 사람도 많았다. 그때 도시에는 콩깨묵 배급이라는 것이 있었다. 만주(滿洲)에서 가져온 것이라고 했다. 다 썩어서 돼지도 못 먹을 그런 콩깨묵이었다. 그러나 그거라도 한 덩이 더 타려고 아우성이었다. 그러니 살 길 없어 고향을 떠난다지만 어디 찾아가서 입에 풀칠할 데가 있었을까?

　화제 좀 바꾸자. 나는 농사일을 좀 해 보았다. 두엄 져 나르고 논 매던 일을 생각하면 지금도 뼈마디가 쑤신다. 요즈음은 다 기계로 하니까 옛날보다는 수월하겠지만 그러나 사람의 힘든 손길 안 가고 되는 농사는 없다. 게다가 가뭄으로 논바닥이 갈라지고 폭우로 논둑이 무너지면 농부의 마음은 더하게 갈라지고 무너진다.

그런데 지금의 우리는 어떤가? IMF 한파 한파 하면서도 음식 쓰레기로 골치를 앓는다. 배곯아 본 일이 없으니, 쌀 한 톨이 어떻게 생기는지 모르니 무엇으로 음식 귀한 줄을 알겠는가? 이렇게 함부로 버리다가는 썩은 콩깨묵도 모자라 아우성치던 그 배고픈 날이 또 올지도 모른다. 남기면 벌금이라던 그 음식점 주인도 혹 이런 불안 때문에 그 글귀를 써 붙였던 것이 아니었을까? (-1998)

# 꿈길
### 相思夢

　　우리 나라 역사상에는 참으로 매력 있는 여인이 많다. 그 가운데 하나로 여러분은 황진이(黃眞伊)[1]를 기억할 것이다. 나는 꿈속의 사랑(〈相思夢〉)을 읊은 그녀의 시 한 수를 퍽 좋아한다. 매력 있는 여인의 참 매력 있는 시다.

　　꿈 아니면 어디서
　　님을 뵈오리.

　　꿈길 따라 님 계신 곳 찾아갔더니
　　님께선 나를 찾아 떠나셨다네.

　　내일 밤은 한 꿈길에

------

1) 黃眞伊 : 조선 중종 때의 기녀, 시인. 시와 글씨, 음률이 모두 뛰어났다. 〈청산리 벽계수야〉 등 몇 수의 시조도 전한다.

만나지이다.


相思相見只憑夢,　儂訪歡時歡訪儂[2].
願使遙遙他夜夢,[3]　一時同作路中逢.

──〈韓國女流漢詩選〉(漢詩, p.520)


끔찍이도 사랑하지만 서로 만날 수 없는 안타까운 두 연인을 상상해 보자. 길이 멀어서인지 만나서는 안 될 무슨 사정이 있는지 또는 이 밖에 다른 까닭이 있는지 그건 모른다. 그러니 꿈에서나 만나 볼 수밖에.

어느 날 꿈속에서였다. 여인이 님을 찾아갔다. 그런데 님이 안 계셨다. 여인을 찾아 떠나신 것이다. 꿈에서나마 만나 보려던 그 연인들, 그러나 꿈속에서의 만남도 어긋난다. 여인이 그냥 집에 있었더라면 만날 수가 있었다. 님이 그냥 집에 계셨어도 둘은 만날 수 있었다. 그러나 님도 나도 어떻게 집에 그냥 앉아서 기다릴 수 있겠는가? 그건 그리움을 모르는 사람이나 하는 짓이다.

나는 이 시를 읽노라면(그녀의 다른 시도 그렇지만) 황진이라는 이름이 헛되이 전해진 게 아니구나 하는 생각을 하게 된다. 사랑의 안타까운 한 모습을 어떻게 이처럼 여실히 그려 낼 수 있을까? 일찍이 임백호(林白湖)는 그녀의 무덤을 찾아가,

---

2) 儂 : 나(1인칭 단수), 歡은 여자가 남자를 지칭하는 말.

3) 遙遙 : 본래는 멀다는 뜻이지만 여기서는 길다(꿈)는 뜻으로 이해할 일. 꿈속에 오래 만나기를 바라는 뜻.

청초(靑草) 우거진 골에 자는다 누웠는다.
홍안(紅顔)은 어디 두고 백골(白骨)만 묻혔느니.
잔(盞) 잡아 권할 이 없을 새 그를 슬어하노라.

하고 읊은 일이 있다. 그도 그녀의 시를 읽고 나 같은 생각을
했던 것일까?

 꿈 아니면 어디서 님을 뵈오리. 내일 밤은 한 꿈길에 기쁜
만남이 있기를 빌어 주어야겠다. 꿈속에서의 만남까지 어긋
난다면 이것은 너무 가혹한 형벌이 아니겠는가? (- 2000)

# 금강산(金剛山)
## 遊楓岳

"자네, 금강산 가 봤는가? 단풍이 기막히더군."

술 한잔 하는 자리에서 내 친구가 한 말이다. 그는 이어서 돌도 물도 다 기가 막히더라고 했다. 나는 좀 아니꼬왔다.

"그래? 날짜 정해 놓고 안내원 가는 대로 졸졸 따라다니다 오는 금강산이 뭐가 그리 좋은가? 그래도 금강산이라면 보고 싶은 데 마음대로 보고 더러는 절밥도 얻어먹는 그런 금강산이어야지."

"흥, 금강산 포도가 그렇게 신가?"

"난 금강산을 내 안에 품고 사는데 시달 게 뭐 있겠나?"

그리고 정사룡(鄭士龍)[1]의 〈유풍악(遊楓岳)〉을 읊어 주었다. 금강산을 여행한 시다.

---

1) 鄭士龍(1491~1570) : 조선 명종 때의 문신. 호는 호음(湖陰). 시문과 음률, 글씨에 두루 뛰어났다. 저서로 〈호음잡고(湖陰雜稿)〉.

금강산 일만이천 돌고 오는 길,
흩나는 단풍 잎새
옷깃을 치네.

정양사(正陽寺) 찬비 속에 향이 타는 밤,
돌아보니 사십 년을
잘못 걸었네.

萬二千峰領略歸, 紛紛黃葉打正衣.
正陽寒雨燒香夜, 蘧瑗方知四十非[2]
　　　　　　　　　　── 〈大東詩選〉 (漢詩, p.212)


　나는 지금 한 선비를 따라 금강산을 여행하고 있다.
　낮이다. 본문의 영략(領略)이라는 말은 대강 보고 듣고 짐
작한다는 뜻이다. 그렇다. 만이천이나 되는 금강산 봉우리를
샅샅이 다 볼 필요는 없다. 멀찍이 서서 대강 보면 그것으로
족하다. 집착 없는 심경이다. 그런 심경으로 돌도 보고 물도
보았다. 흩나는 단풍 잎새가 옷깃을 쳤다. 돌 물 단풍, 내 눈
에는 그것들이 더없이 아름다웠다. 내 친구의 말대로 기가
막혔다. 그러나 선비는 그것들이 아름다운지 기가 막히는지
모른다. 샅샅이 보질 않아서 그런가? 아니다. 그 자신이 이
미 자연의 일부가 되어 있기 때문이다.
　어느덧 날이 저물었다. 그래 절(정양사)에 들었다. 밤이 되

────────────────────

2) 四十非 : (인생) 사십 년이 잘못되었음.

었다. 가을비가 차게 내렸다. 스님이 사르는 향 냄새가 은은히 풍겨 왔다. 상쾌했다. 나는 술이나 한잔 했으면 좋겠는데 선비는 단좌하고 눈을 감는다. 본문의 거원(蘧瑗)은 중국 위(衛)나라 사람이다. 그는 오십 년 인생 중 사십구 년이 잘못임을 알고(行年五十, 知四十九年之非) 깊이 한탄했다는 사람이다. 단좌하고 눈 감은 선비는 지금 자기 인생 사십 년이 잘못 걸은 길임을 깨닫고 깊은 후회에 잠겨 있다. 나도 그만 술 생각을 지우고 눈을 감았다.

집착 없는 심경으로 자연의 일부가 될 수 있는 금강산, 찬 비 속에 자기가 살아온 인생을 반성할 수 있는 그런 금강산 한번 다녀왔으면 싶다. (- 2001)

# 향기와 벌
## 示友人

나는 담배를 많이 피운다. 글을 쓸 땐 줄담배다. 그래 담배 연기 좀 뺄까 하고 연구실의 창문을 열었더니 난데없는 벌 한 마리가 날아들었다. 그러나 벌은 금방 도로 나갔다. 담배 연기가 자옥한 연구실, 저도 잘못 들어온 줄을 알았던 모양이다. 나는 그걸 보고 임억령(林億齡)[1]의 〈시우인(示友人)〉을 생각했다. 친구에게 보임.

선비 하나 절에서 봄을 보내데.
지는 꽃잎 날아와
옷에 앉더군.

집에 와도 소매에 향기가 났어.
산중의 벌들이

---

1) 林億齡(1496~1568) : 조선 명종 때의 문신. 호는 석천(石川). 인품이 깨끗했다. 저서로 〈석천집(石川集)〉.

따라오더군.

古寺門前又送春,[2]　殘花隨雨點衣頻.
歸來滿袖淸香在,　無數山蜂遠趁人.

——〈大東詩選〉(漢詩, p.210)

누군가가 절에서 봄을 보냈다. 봄비에 지는 꽃잎이 무수히 옷에 와 앉았다. 그리고 집으로 돌아왔다. 옷소매에서 그 꽃잎들의 맑은 향기가 났다. 산중의 벌들이 그 향기를 맡고 따라왔다. 참 대단한 거짓말이다. 아무리 무수한 꽃잎이 옷에 와 앉았기로 그 옷소매에서 향기가 날까? 아니, 설령 난다 하더라도 설마 산중의 벌들이 따라올까? 이 시는 정말로 거짓말이다.

그런데 어찌 생각하면 거짓말이 아닐 것도 같다. 한 선비를 상상해 보자. 그는 어느 유서 깊은 도량(꼭 절이어야 할 것은 없다.)에 가서 수양을 쌓았다. 세월이 흘렀다. 수양을 마친 그는 다시 세상으로 돌아왔다. 그의 인품에선 맑은 향기가 일었다. 속세의 모든 중생이 그 향기를 맡고 그를 우러르며 따랐다. 이것이 거짓말이겠는가? 이 시는 정말로 참말이다.

그런데 왜 붓끝이 이렇게 무거울까? 우리 주위에는 소매에 향기도 일지 않는 이른바 지도자라는 사람들이 있다. 그래도 그들을 따르는 벌들이 무수하다. 그러니 그 벌들이 따

---

2) 又送春 : 또 봄을 보낸다. 여러 해 되었다는 뜻을 함축.

르는 것은 지도자의 향기로운 인품이 아니다.이 시 앞에 오늘의 우리 현실이 부끄럽다.

아니, 남의 말 할 것 없다. 나는 아직 권력이나 돈 때문에 사람을 따른 일은 없다. 그러나 명색이 교사로서 내 옷소매에 향기 한 점 일지 않는 것을 생각하면 적잖이 허전하다. 학생들이 무얼 맡고 나를 따르겠는가? 몇 푼어치의 지식이나 얻으려고, 학점이나 좀 잘 받으려고 따른다면 서로가 다 비참한 일이다.

이제 이 글을 마치려 하니, 내 연구실로 잘못 들어왔다가 금방 도로 나간 그 벌 한 마리가 자꾸만 눈앞에 어린다. 왜 그 녀석은 금방 나갔을까? (– 1999)

# 폐사(廢寺)를 지나면서
## 經廢寺

상층부가 현명하게 관리하고 하층부가 그에 따라 흔쾌한
마음으로 맡은 일을 다하면 그 집단은 저절로 튼튼해진다.
이것이 한 집단의 가장 정상적인 모습이다. 그러나 상층부가
무능하면 하층부가 대신하려 든다. 아니, 다른 세력이 그 자
리를 넘볼 수도 있다. 옛날 어느 절에서도 그런 일이 일어났
던 모양이다. 허봉(許篈)[1]의 〈경폐사(經廢寺)〉[2]를 보면 잘
드러나 있다.

절도 세월 따라
흥하고 망하는가.

스님은 간 곳 없고

---

1) 許篈(1515~1588) : 조선 선조 때의 문신, 문인. 호는 하곡(荷谷). 시
   문에 뛰어났다. 저서로 〈하곡집(荷谷集)〉.
2) 經廢寺 : 폐사(문 닫은 절)를 지나며.

먼지만 쌓였는데,

시골의 무당 하나 와
불등(佛燈)에 불을 켜네.

古寺經年感廢興, 重來不復見殘僧.
香盤寂寂凝塵滿, 時有村巫點佛燈

——〈大東詩選〉(漢詩, p.240)


　절이 하나 있었다. 논밭도 많고 신도도 줄을 이었다. 세월이 흘렀다. 무슨 사연인지 신도도 끊어지고 재산도 없어졌다. 절은 더 지탱할 수가 없었다. 스님들이 하나 둘 떠났다. 향을 사르던 상엔 먼지만 쌓였다. 폐사(廢寺)가 된 것이다. 그런데 어디서 엉뚱한 무당 하나가 밤이면 찾아와 불등에 불을 켠다.

　왜 폐사가 되었을까? 절의 상층부인 스님들을 탓할 수밖에 없다. 신도들이 발을 끊은 것은 그들에게 감화를 주지 못한 까닭이다. 절의 재산이 없어진 것은 관리를 잘못한 까닭이다. 덕망 있는 스님이 있었더라면, 지혜로운 스님이 있었더라면 폐사가 될 리 없다. 엉뚱한 무당이 나타나 불등에 불을 밝힐 리 없다.

　얼마 전에 어느 정당의 하층부가 그 상층부를 비판하고 나선 일이 있다. 중간에 호지부지 되었지만 그때 만일 하층부의 비판이 정곡을 찌른 것으로서 더 세찼더라면 어찌 되었을까? 최악의 경우 그 상층부는 절을 떠나야 했을 것이다.

　이것은 좀 다른 이야기지만, 우리는 이따금 관록 있는 정치인이 무명의 신진에게 패배하는 경우를 본다. 그것은 지역구 유권자들에게 아무 감동도 주지 못했고 표밭이라는 재산도 제대로 관리하지 못했기 때문일 것이다. 그렇다면 너무도 당연한 귀결이아닌가?

　스님들은 끊임없이 그 신도들에게 감화를 주고 절의 재산을 잘 관리해야 한다. 그러지 않으면 그 절이 무당의 것이 될 수도 있다. (- 2001)

# 우수수 잎 지는 소리
## 山寺夜吟

어느 덧 우리 집 뜰에 가을이 깊다. 푸른 빛 잃은 후박나무 잎새가 뚝 진다. 노랗게 물든 은행나무 잎새들이 반짝이며 흩날린다. 울긋불긋 단풍든 감나무 잎새들이 우수수 쏟아진다. 밤에 혼자 앉아 창밖의 잎지는 소리를 들으면 꼭 가랑비 오는 소리 같다. 옛날 정철(鄭澈)[1]이 산사(山寺)에서 밤에 읊은 시 (《山寺夜吟》)를 보면 그에게도 나 같은 착각이 있었던 모양이다.

우수수 잎 지는 소리 빗소리로 잘못 듣고
"스님, 밖을 좀 보구려.
비가 오나 본데."

---

1) 鄭澈(1536~1593) : 조선 선조 때의 시인, 문신. 호은 송강(松江). 우리 문학사상 시조와 가사 문학의 거봉. 저서로 〈송강집(松江集)〉, 〈송강가사(松江歌辭)〉.

스님이 내다보고 웃으며 하는 말이
"시냇가 나뭇가지에
달이 환히 걸린 걸요."


蕭蕭落木聲[2], 錯認爲疎雨.
呼僧出門看[3], 月掛溪南樹.

—— 〈松江集〉 (漢詩, p.258)


　어느 산인지는 모르지만 산사의 깊은 가을밤, 밤바람에 우수수 낙엽이 진다. 우수수, 그건 꼭 성긴 빗소리, 늦도록 글 읽던 선비는 비가 오나 했다. 밖에는 달이 저리 밝은데. 잎 지는 소리, 성긴 빗소리, 얼마나 멋스러운 착각인가?

　이렇게 쓰고 보니 귀 밝은 사람이 하나 떠오른다. 그의 청력은 상상을 초월한다. 그의 귀는 1천 미터 상공에 부유하는 먼지 소리가 들린다. 1백 미터 전방에 개미 기어가는 소리가 들린다. 아무리 안 들으려 해도 수천만 가지 온갖 소리가 다 들린다. 도무지 시끄러워서 견딜 수가 없다. 그는 결국 두 손으로 두 귀를 꼭 틀어막고 살게 되었다.

　눈 밝은 사람도 하나 떠오른다. 역시 우리의 상상을 초월하는 시력이다. 그는 지금 자기와 데이트를 하고 있는 여인이 무슨 생각을 하고 있는지를 정확하게 꿰뚫어본다. 어제 저녁 함께 한잔 한 친구의 속마음이 오늘 아침엔 어떻게 변

---

2) 落木聲 : 나무에서 잎 지는 소리.

3) 呼僧出門看 : 스님을 불러 문밖에 나가서 보랬더니. 또는, 스님을 불러 (함께) 문밖에 나가 보았더니. 위 번역시는 전자를 따랐다.

했는지도 정확하게 꿰뚫어본다. 사람들은 차차 그런 그가 무
서워져서 피하기 시작했다. 그는 결국 아무와도 벗할 수가
없어서 외톨이로 살게 되었다.

　내 청력이 적당히 불완전해서 시끄러운 소리를 다 듣지 않
고도 살 수 있는 것은 고마운 일이다. 내 시력이 완벽하지 못
해서 내 친구들이 피하지 않는 것도 고마운 일이다. 좋은 시
읽고 무슨 허튼 소리냐고 하지 말라. 귀도 눈도 적당히 밝아
야 한다. (- 2001)

# 명산(名山)과 범산(凡山)
## 題僧軸

두어 친구와 함께 술 한잔을 하는데 화제가 산(山)에 이르렀다. 한 친구가 말하기를 자기는 지리산을 좋아해서 자주 가는데 그 장엄한 모습을 대하노라면 성당에 들어간 것처럼 경건해진다고 했다. 또 한 친구는, 얼마 전에 금강산을 다녀왔는데 그 경치가 기막히더라고 하면서 돌, 물, 단풍, 어느 한 가지도 감동 아닌 것이 없더라고 했다. 그러자 가만히 앉았던 또 다른 한 친구는

"지리산도 좋고 금강산도 다 좋겠지만 나하고는 별 인연이 없나 봐."

이렇게 한 마디 하고는 백광훈(白光勳)[1]의 시 한 수를 읊었다. 제목은 〈제승축(題僧軸)〉, 스님의 두루마리에 쓴다는 뜻인데 다음과 같다.

---

1) 白光勳(1537~1583) : 조선 선조 때의 시인. 호는 옥봉(玉峰). 벼슬에 뜻이 없어 일생을 오로지 산수를 즐기며 살았다. 시에 뛰어났다. 저서로 〈옥봉집(玉峰集)〉.

장엄한 지리산은 쌍계사 좋고,

기이한 금강산은

만폭동 좋고.


가 보진 못하고 말은 들어서

이처럼 시나 써서

스님을 주네.


智異雙溪勝,　金剛萬瀑奇.

名山身未到,[2] 每賦送僧詩.[3]

──〈大東詩選〉(漢詩, p.218)


한 친구가 불쑥 물었다.

"백광훈은 지리산 쌍계사 좋은 줄도 알고 금강산 만폭동 좋은 줄도 잘 알면서 왜 거기 한번 못 가 봤을까?"

또 한 친구가 대답했다.

"시인의 상상으로 다 그려 본 산을 굳이 갈 게 있겠는가?"

그러자 시 읊던 친구가 말했다,

"장엄한 걸 보면 주눅이 들었던 게지. 기이한 걸 보면 정신이 산란해지고. 그래 자기 동네 야산이나 올랐을 거야. 난 그런 그가 나 같아서 좋아."

내가 그에게 물었다.

---

2) 名山 : 이름난 산. 여기서는 물론 지리산과 금강산.

3) 送僧詩 : (명산으로 가는) 스님을 보내는 시.

“백광훈이 자네 같다니, 그게 무슨 말이야?”

그가 말했다.

“난 어렸을 때 산에서 나무하며 컸네. 장엄하지도 기이하지도 않은 평범한 산이야. 난 그 산에 정이 들었어. 지금 찾는 산도 다 그런 산이야. 그런 산엘 가면 경건이나 감동은 없지만 늘 마음이 평온해.”

이 시 또는 백광훈에 대한 그의 해석(생각)은 지나치게 자의적인 데가 있다. 그러나 나는 그의 말을 들을 때 이상한 공감이 일었다. 어떤 사람들에게 있어서는 평범이 비범보다 더 소중하다는 사실을 확인해서 그랬을까? (– 2001)

# 해맞이
## 洛山寺八月十七日朝

　큰애네 내외가 설악산으로 여름 휴가를 떠났다. 꼬마 두 녀석이 할머니도 꼭 가야 한다고 하도 졸라서 아내도 함께 갔다. 말로는 낙산사에 들러서 해맞이도 한번 할 듯이 했지만 꼬마들이 새벽 일찍 일어나기는 어려울 것이다. 어젯밤에 나는 혼자 술 한잔 하면서 최입(崔岦)[1]의 시 한 수를 생각했다. 낙산사 팔월 열이렛날의 해맞이를 읊은 것이다(〈洛山寺八月十七日朝〉).

　새벽 맑은 하늘에 달이 지는데,
　바다 물결 홀연히 붉게 물든다.

　꿈틀대는 용들이

---

1) 崔岦(1539~1612) : 조선 선조 때의 시인, 문신. 호는 간이(簡易). 시문이 탁월하고 글씨도 뛰어났다. 저서로 〈간이집(簡易集)〉.

불을 토해 내더니,

붉은 해 이글거리며
물 위로 치솟는다.


玉宇迢迢落月東,[2] 滄波萬頃忽飜紅.
蜿蜿百怪皆啣火,[3] 送出金輪黃道中.[4]

——〈大東詩選〉(漢詩, p.268)

새벽이다. 낙산사의 하늘이 옥처럼 맑다. 달이 지는가 했더니, 바다(동해) 물결이 온통 붉게 물든다. 시간이 흐른다. 이번에는 용인지 무언지 백 가지 괴물들이 나와서 불을 뿜는다. 그러더니 그 붉은 기운 속에서 수레바퀴 같은 둥근 해가 물 위로 불끈 치솟는다. 참으로 장엄 황홀한 풍경이 아닐 수 없다.

나는 꼬마 두 녀석이 새벽 일찍 일어날 수 있어서 이 광경을 좀 보았으면 싶었다. 두 녀석의 어린 가슴이 자연의 신비에 대한 감격으로 끊임없이 뛸 것이다. 하고한 날 컴퓨터 게임이나 하면서 아무 감격도 없이 살아가는 이녀석들에게 그것은 얼마나 소중한 체험이겠는가? 녀석들은 또 다른 세계가 있다는 것을 자신의 체험을 통해서 확실하게 알게 될 것이다.

---

2) 迢迢 : 멀거나 높은 모양.

3) 蜿蜿 : 용 같은 것이 꿈틀거리는 모양.

4) 黃道 : 태양을 도는 지구의 궤도. 여기서는 하늘이라고 생각하자.

　나는 아내와 큰애네 내외도 가령 날이 흐리다든지 비가 온다든지 하는 일 없이 순조롭게 이 광경을 볼 수 있었으면 싶었다. 그러면 그 장엄 황홀한 광경 앞에 역시 감격이 없을 수 없을 것이다. 그런 감격을 체험하는 동안 아내도 큰애네도 힘든 삶을 잠시 잊고 그 동안 마음에 찌든 때를 깨끗하게 씻어 낼 수도 있지 않겠는가? 나는 또 한 잔을 들며 낙산사 해맞이가 순조롭기를 빌었다.

　요즈음 우리가 사는 걸 보면 감격이 없다. 사람이 하는 일은 짜증스럽고 자연은 너무 멀리 있다. 삶의 감격이여, 부활할지어다. (- 2001)

# 봉은사(奉恩寺)

## 贈僧

나는 지금 책 한 권을 쓰고 있다. 앞으로 열흘은 더 지나야 탈고될 듯하다. 공부도 없는 사람이 책을 쓰자니 진이 다 빠진다. 해서 일 끝나면 최경창(崔慶昌)[1]이 어느 스님에게 준 시(〈贈僧〉)의 봉은사(奉恩寺) 같은 곳에 가 한 이삼일 쉬었다 왔으면 싶다.

삼월달 광릉(廣陵)에는 환한 봄꽃들,
굽이도는 맑은 강엔
흰 구름 날고.

배에 기대 바라보는 봉은사에는
문 닫는 스님 하나

---

1) 崔慶昌(1539~1583) : 조선 선조 때의 시인, 문신. 호는 고죽(孤竹). 시와 글씨, 그림에 뛰어나고 피리도 잘 불었다. 청백리(淸白吏)에 녹선(錄選). 저서로 〈고죽유고(孤竹遺稿)〉.

소쩍새 울고.


三月廣陵花滿山, 晴江歸路白雲間.
舟中背指奉恩寺, 蜀魄數聲僧掩關.[2]

──〈大東詩選〉(漢詩, p.222)

봉은사는 광릉(廣陵) 어디쯤에 있나 보다. 광릉은 경기도 광주(廣州)의 옛 이름이다. 봄볕 좋은 삼월의 어느 날 누군가가 광릉엘 갔다. 봄놀이다. 술병 든 친구도 한 사람쯤 같이 갔을 것이다. 봄꽃들이 환했다. 하루를 즐기고 돌아오는 길이었다. 굽이도는 맑은 강에 흰 구름이 날았다. 사공이 봉은사를 가리켰다. 소쩍새 울음 속에 한 스님이 문을 닫고 있었다. 무한히 자유롭고 한가한 모습이다.

내가 이 봉은사에 가서 한 이삼일 쉬었다 왔으면 하는 것은 스님의 그 무한한 자유와 한가를 나도 잠시나마 누리고 싶어서이다. 여기서 자유란 세사에 매이지 않는다는 뜻이요, 한가란 마음을 텅 비운다는 뜻이다. 모든 것을 잊는다는 점에선 결국 같은 뜻이다. 나는 봉은사에 관해서 전혀 아는 바가 없지만, 어떻든 이 시 속의 봉은사엘 가서 이 자유와 한가를 누릴 수 있다면 내 피곤한 영혼이 다시 생기를 회복할 수 있을 것이다.

그런데 이렇게 쓰고 보니 그게 좀 어렵겠다는 생각이 든다. 나는 비교적 나를 잘 아는 편이다. 봉은사 뒷산에 환히

---

2) 척백(蜀魄) : 소쩍새, 두견이

핀 봄꽃들이야 그냥 무심히 바라볼 수 있을 것이다(나는 별로 꽃 좋은 줄을 모른다.) 하지만 봉은사 앞을 흐르는 맑은 강을 바라볼 때는 그 강가 어디에 매운탕집 없을까 하고 살필 것이다. 소쩍새 울음 속에 스님이 문 닫을 때? 오늘 밤 아내와 아이들은 문 단속이나 제대로 하고 잘까, 오늘 보낸다던 인세는 들어왔을까, 나는 소쩍새 울음 소리도 잘 듣지 못할 것이다. 잔걱정만 끊임없이 이어질 것이다.

속인(俗人)은 봉은사보다 더한 데를 가도 속인이다. 자유와 한가를 누리려 간다는 것이 매운탕집이나 찾고 잔걱정이나 하다가 돌아온대서야 되겠는가? 아무래도 팔자대로 살아야겠다. (- 2001)

# 노인의 슬픈 날
## 祭塚謠

내 선배 한 분이 작년에 상처를 했다. 나이 일흔이다. 선배는 마나님과 티격태격 잘 싸웠다. 그런데 지금은 이따금 마나님의 무덤엘 가서 잡초도 뽑고 잔돌고 고르고 하다가 석양에 취하여 돌아온다고 한다. 그 아드님에게 들은 이야기다. 다음은 이달(李達)[1]의 〈제총요(祭塚謠)〉, 곧 무덤에 제사 지내는 노래다. 취하여 돌아오는 선배의 모습이 이 시 속의 노인과 겹쳐 떠오른다.

강아지는 암수놈이 서로 쫓는데,
풀밭 끝에 나란한
무덤 무덤들.

---

1) 이달(李達) : 조선 선조 때의 시인. 호는 손곡(蓀谷), 동리(東里). 시와 글씨가 탁월했다. 그러나 서얼 출신이어서 등용되지 못했다. 저서로 〈손곡시집(蓀谷詩集)〉.

제사 지낸 노인의 취한 걸음을
부축하며 돌아오는
아이 한 녀석.


白犬前行黃犬隨,[2] 野田草祭塚纍纍.
老翁祭罷田間道,　日暮醉歸扶小兒.

——〈大東詩選〉(漢詩, p.224)


　돌밭 푸서리 끝에 무덤들이 이어 있다. 아마 공동 묘지인가 보다. 한 노인이 술병을 메고 그리로 간다. 암놈 수놈 강아지 두 마리는 서로 짝을 지어 내닫는데 짝 없는 노인은 쓸쓸하다. 어린 손자 녀석이 해찰을 하며 저만치 뒤따라온다.

　이윽고 어느 무덤 앞에 노인이 잔을 따른다. 먼저 간 마나님의 얼굴이 눈앞에 어른거린다. 따른 잔을 무덤에 붓고 다시 따라 죽 들이킨다. 한잔 또 한잔, 어느덧 해가 진다. 돌아오는 노인의 취한 걸음을 어린 손자 녀석이 부축한다.

　자, 다시 내 선배에게 돌아가 보자. 그는 석양에 취하여 돌아올 때 누가 부축할까? 학교 다니는 손자가 혹 일요일이라면 모르지만 학교 안 가고 할아버지 따라 할머니 무덤엘 갈 수는 없는 일이다. 시외 버스에 몸을 싣고 흔들거리며 혼자 돌아올 것이다. 생전에 왜 좀더 잘해 주지 못했을까, 후회도 하며 돌아올 것이다. 몹시도 그리워 우두커니 창밖만 내다보며 돌아올 것이다.

---

2) 白犬前行黃犬隨 : 암수 두 마리 강아지가 서로 짝을 이루었다는 뜻.

들으니 선배의 아드님이 혹 마땅한 분이 없을까 하고 여기 저기 알아보았는데, 이를 안 선배가 너무 단호해서 말도 더 못 한 모양이다. 그 며느님도 효부다. 선배의 와이셔츠와 넥타이가 늘 산뜻하다. 그러나 잠바때기 하나 걸치고도 껄껄 웃던 그 모습은 찾아보기 어렵다. 효자 효부도 티격태격하던 마나님만은 못한 것일까?

제사 지내고 돌아오는 노인의 오늘은 슬픈 날, 그의 모습이 여간 외로워 보이질 않는다. 한쪽이 먼저 떠날 일이 아니다. 그러나 어쩌랴, 그것이 사람의 뜻이 아닌 것을. (- 2001)

# 그네를 뛰다가
### 鞦韆曲

"세모시 옥색치마…."

지난 단오 다음 날이던가, 강의 시간에 학생들과 함께 부른 노래다. 그때 나는 믿거나말거나를 전제로 그네의 역사 제1장을 이야기했다.

"그네는 옛날, 이웃집 도령님을 혼자 연모하던 한 아리따운 낭자가 고안했어. 하늘로 치솟아 담 넘어 도령님 한번 보려구 멋있잖아!"

사실이든 아니든 참 로맨틱하다. 우리 그네의 역사에는 이처럼 로맨틱한 장면이 있다. 예 하나 더 들어 보자. 임제(林悌)[1]의 그네노래(〈鞦韆曲〉), 한 여인이 그네를 뛰다가 일으킨 사건이다.

---

1) 林悌(1549~1587) : 조선 선조 때의 문인. 호는 백호(白湖). 성격이 호방하고 시문에 뛰어났다. 저서로 〈임백호집(林白湖集)〉.

난 몰라, 금비녀를 떨어뜨렸네.
한량 하나 주워 들고
능글거리네.

부끄럼 무릅쓰고 "어디 사세요?"
버들숲 가리키며 "이쪽 셋째 집."

誤落雲鬢金鳳釵,[2] 遊郞拾取笑相誇.[3]
含羞借問郞居住,　綠柳珠簾第幾家.

——〈大東詩選〉(古典詩, p.246)

자, 시 속으로 들어가 보자. 단옷날이라도 되었나 보다. 마을 여인들이 몰려나와 그네를 뛴다. 옛날 우리 마을에서도 단오가 되면 남정네들이 짚으로 줄을 꼬아 느티나무 높은 가지에 그네를 매어 주었다. 그러면 마을 아낙네들이 몰려나와 그네를 뛰었다. 늘 갇혀 살았으니 얼마나 시원했을까? 이 시 속의 여인들도 그랬을 것이다.

그런데 여인이 그네를 뛰다 그만 금비녀를 떨어뜨렸다. 구경하던 한량들 중 하나가 그걸 주워 들고 빙긋이 웃는다. 여인이 그네에서 내려와 손을 내민다. 그러나 능글맞은 한량은 돌려줄 생각이 없다. 밤에 자기 집으로 찾으러 오라는 뜻일 것이다. 여인이 그걸 알고 부끄터워 외면한 채 묻는다.

"어디 사셔요?"

---

2) 金鳳釵 : 봉황의 모양을 새긴 금비녀.

3) 遊郞 : 야유랑(冶遊郞), 즉 희롱하며 놀기 좋아하는 사람. 한량.

한량이 저 건너 버들숲을 가리키며 대답한다.

"이쪽 셋째 집."

그 다음 이야기는 나도 모른다. 나는 밤까지 지키고 섰다가 따라가 볼 만큼 한가한 사람도 아니고, 남의 사생활에 끼여들 정도로 무교양한 사람도 아니다. 나는 다만 어디 사느냐고 묻는 여인의 부끄러워하는 모습, 어디 산다고 대답하는 한량의 능글거리는 모습, 이 두 모습의 어울림만 여러분에게 소개하는 것으로 족하다. 지루한 우리들의 삶에 있어서 이 두 모습의 어울림을 보는 것은 반 박자 쉼표처럼 산뜻하다. 우리 그네 역사의 로맨틱한 한 장면. (- 2001)

# 가을밤의 여인
## 效崔國輔體

"귀뚜르르, 귀뚜르르…."

　막 전등을 끄고 누워 잠을 청하려는데, 어디서 귀뚜라미가 울었다. 잠이 오질 않았다. 옛날 허난설헌(許蘭雪軒)[1]도 잠 못 드는 가을밤이 있었던지 다음과 같은 시를 남겼다. 〈효최국보체(效崔國輔體)〉.[2]

　　못 가엔 버드나무 비인 가지들,
　　우물 가엔 오동나무 잎이 지는데,

　　어디서 귀뚜라미 쓸쓸히 울어,
　　차가운 이 한밤을 홀로 새워라.

---

1) 許蘭雪軒(1563~1589) : 조선 선조 때의 시인. 이름은 초희(楚姬), 난설헌은 그녀의 호. 시에 뛰어났다. 저서로 〈난설헌집(蘭雪軒集)〉.
2) 效崔國輔體 : 최국보의 체를 본받아서. 최국보는 당(唐)나라 시인.

池頭楊柳疎，井上梧桐落.
簾外候蟲聲，[3] 天寒錦衾薄.

——〈蘭雪軒集〉(漢詩, p.508)

허난설헌을 생각하면 나는 공연히 슬퍼진다. 그녀는 아리따운 여인이었다. 탁월한 시인이었다. 그러나 무슨 까닭인지 남편의 마음은 그녀를 멀리 떠나 있었다. 몸도 멀리 떠돌았다. 시어머니 사랑도 받지 못했다. 게다가 일찍이 어린 아들 딸까지 잃었다. 그녀는 끊임없이 이어 오는 이런 슬픔을 앓다가 스물일곱 꽃다운 나이로 이승을 떠났다. 안타깝지 않은가? 나는 일찍이 그녀의 전기적 사실에 유의하여 이 시의 독후감을 다음과 같이 쓴 일이 있다.


가을밤의 어느 여인

못 가의 버드나무는 이미 잎이 다 져 빈 가지가 앙상하다. 우물 가의 오동나무는 한잎 두잎 잎새를 떨어뜨린다. 창밖 어디선지는 귀뚜라미까지 귀뚜르르 쓸쓸히 운다. 추워지는 날씨, 썰렁한 이불 속, 밤은 차차 깊어 가는데 여인은 잠을 들지 못한다.

빈 나뭇가지, 떨어지는 잎새, 그렇게 황량한 마음으로 잠 못 드는 여인의 외로운 모습, 옆에 님이 계시다면 황량할 리도 외로울 리도 없을 것이다. 그러나 어찌하랴, 헤어져 살아야 하는 것이 여인의 운명인 것을.

---

3) 候蟲 : 철벌레. 이 시에서는 귀뚜라미.

가을밤의 그 여인[4].

　아리따운 여인, 탁월한 시인, 저승의 그녀는 지금 어떻게 살고 있을까? 남편과 시를 즈고받으며 기쁜 눈길을 보낼 것이다. 시어머니의 등을 두드리며 즐겁게 옛날 이야기를 할 것이다. 똘똘한 어린 아들딸을 앞에 앉히고 차근차근 시 짓는 법을 가르칠 것이다. 행복한 여인, 이제 더는 이런 시를 쓰지 않을 것이다.

　상념은 끊임없이 떠오르고 잠은 여전히 오지 않았다. 나는 그런 내가 좀 우스웠다. 그러면서도 그녀는 행복해야 한다는 생각을 떨쳐버리지 못했다. 어느덧 밤이 깊었다. 괘종시계가 한 점을 뎅 쳤다. (- 2000)

---

4) 졸저 : 〈한시를 읽는 즐거움〉.

# 나는 종놈인 것을
## 九日

　오늘이 음력으로 9월 9일, 중양절(重陽節)이다. 중양절엔 남자들이 머리에 수유꽃 꽂고 산에 올라가 술을 마시는 풍속이 있었다고 한다. 술은 국화꽃도 몇 이파리 띄워서 마셨을 것이다. 이 중양절을 읊은 시로 백대붕(白大鵬)[1]의 〈구일(九日)〉이 있다.

　　취하여 머리에다 수유꽃 꽂고,
　　빈 술병 홀로 베고
　　달 아래 눕네.

　　여보게, 누구냐고 묻지 말게나.
　　험한 세상 머리 허연
　　종놈인 것을.

---

1) 白大鵬(?~1592) : 조선 선조 때의 천민 시인. 임진왜란 때 전사.

醉揷茱萸獨自娛, 滿山明月枕空壺.
傍人莫問何爲者,[2] 白首風塵典艦奴.[3]

──〈大東詩選〉(漢詩, p.250)

이 시의 제목인 〈구일(九日)〉은 곧 9월 9일 중양절을 말한
다. 남자들이 풍속대로 머리에다 수유꽃 꽂고 산에 올라가
술을 마신다. 머리가 허옇게 센 한 남자가 저만치 홀로 있다.
역시 수유꽃 꽂고 술을 마신다. 어느덧 달이 뜬다. 모두들 다
산을 내려가는데 그는 빈 술병을 베고 달 아래 눕는다. 아무
도 없는 텅 빈 산, 몹시 취한 모양이다.

왜 그는 그렇게 취했을까? 취하지 않으면 잊을 수 없는 무
슨 한이라도 있는 걸까? 그렇다. 그는 탁월한 시인, 그러나
미천한 신분이었다. 다른 사람 같으면 이미 높은 벼슬에 올
랐을 그는 어느 관청의 머리 허연 종놈이었다.

지금은 민주주의 시대니 양반 상놈이 있을 수 없다. 그러
나 탁월한 재능을 가졌으면서도 쓸데 없는 조건들 때문에 그
진로가 막히는 경우는 지금도 있다. 생각나는 게 하나 있어
서 다음에 적는다.

언젠가, 이 국민의 정부 고위 관리 중 전라도 출신이 요직
을 다 차지했다는 야당의 비판이 있었다. 그러자 여당에서는
지역 감정 부추기지 말라며 반박 성명을 냈다. 그 얼마 후,
고위직의 승진 인사를 앞둔 때였다. 몇 사람의 후보 중 한 사

---

2) 何爲者 : 무얼 하는 놈이냐.

3) 典艦奴 : 전함사(典艦司)의 노복  전함사는 조선 시대 함선(艦船)에 관
   한 일을 맡아 보던 관청.

람은 전라도 출신이어서 탈락할 것이라는 보도가 있었다. 대통령과 한 고향인데 왜 탈락시킬까? 지역 안배 때문이라고 했다. 적격자인가 아닌가를 보아야지 지역 안배라니.

탁월한 재능이 있으면서도 이런 조건들 때문에 길이 막힌다면, 그는 중양절이 아니어도 취하여 머리에다 수유꽃 꽂고 빈 술병 홀로 베고 달 아래 누울 것이다. (- 2001)

# 스님의 두 모습
## 尋僧

좀 오래 된 일 하나, 종로를 걷다가 젊은 스님이 운전하는 승용차 한 대를 본 일이 있다. 남녀 몇 사람이 함께 타고 있었는데, 그들은 아마 그 스님의 절에 다니는 신도였을 것이다. 나는 멀리 사라지는 그 승용차를 바라보면서 옛 시 한 수를 생각했다.

이끼 낀 돌길을 혼자 오르니
엷은 구름 풍경 소리 그윽도 해라.

"아이야, 스님은 어디 계시니?"
"글쎄요, 앞산서 주무셨는데…."

石逕崎嶇杖滑笞,　淡雲疎磬共徘徊.
沙彌叉手迎門語,[1] 師在前山宿未回.

── 〈大東詩選〉 (漢詩, p.286)

이 시는 옛날 이정귀(李廷龜)[2]가 쓴 것이다. 제목은 〈심승(尋僧)〉[3]. 나는 일찍이 이 시를 읽고 다음과 같은 감상을 적은 일이 있다.

푸른 이끼 낀 돌길이 퍽도 깨끗하다. 지금 우리는 스님을 찾아 절엘 가는 길이다. 엷은 구름에 드문드문 들려 오는 풍경 소리도 그지없이 그윽하다. 소리까지 그린 한 폭의 그림 같다.

절도 깨끗하고 그윽한 모습이다. 그런데 시주하러 오는 신도도 없는지 스님은 절을 비웠다. 세속적인 것에서 완전히 자유로운 스님 같다. 앞산에 누가 있어 절을 비운 것일까?[4].

내가 스님이 운전하는 승용차를 보고 이 시를 생각한 것은, 스님들은 모름지기 이 시 속의 스님처럼 모든 세속적인 것에서 자유로워야 한다고 믿었기 때문일 것이다. 자동차는 가장 세속적인 물건이다. 그때 나는 속세에 살면서도 세속적인 것에서 자유로울 수 있다는 사실은 미처 알지 못했다.

그런데 요 얼마 전에 나는 또 스님이 운전하는 승용차 한 대를 보았다. 우리 동네 미아리서다. 스님 곁에는 한 남자가 타고 뒷좌석엔 꽤 많은 짐이 실려 있었다. 이번에도 나는 이

---

1) 沙彌 : 스무 살 이하의 어린 중. 여기서는 이 절 스님의 제자.
2) 李廷龜(1564~1635) : 조선 인조 때의 문신. 호는 월사(月沙). 시에 뛰어났다. 저서로 〈월사집(月沙集)〉.
3) 尋僧 : 스님을 찾음. 스님을 방문함.
4) 졸저 : 〈한시를 읽는 즐거움〉.

시가 떠올랐다. 순간 짙은 회의가 일었다.

"부처님은 대비(大悲)로써 화택(火宅)에 든 중생을 구제하신다. 그런데 이 사업의 최일선에 선 스님들이 세속적인 것에서 자유롭고자 하여 속세를 멀리 한다면 이 중생은 어찌 되는가?"

나는 짐을 실은 그 스님의 승용차가 대견스러웠다. 그 스님은 모든 세속적인 것에서 자유로은 마음으로 이 속세를 달리며 우리들 힘든 중생을 구제하는 분일 것이다. (- 2001)

# 가을 나그네
## 途中


"저도 벌써 가을 인생입니다. 힘도 들고 초조도 하고."

내 후배 한 사람이 술 한잔 하는 자리에서 넉두리처럼 한 말이다. 작은 대로 공장을 하나 돌려서 먹고 사는 데는 큰 걱정이 없다. 그런데 그 일이 힘이 드는 모양이다. 그럼 또 초조하다는 건 무얼까? 나는 권필(權韠)[1]의 시 〈도중(途中)〉을 생각하면서 그에게 술 한잔을 권했다. 이 시에서 도중이란 어딜 가는 길인지 확실치 않다. 혹 인생이라는 길을 말하는 것은 아닐까 한다.

산골, 외딴 녘에 주막집 하나,
밤에도 사립문이 열려 있었네.

---

1) 權韠(1569~1612) : 조선 선조 때의 시인. 호는 석주(石州). 과거에 뜻이 없어 다만 시와 술을 벗하며 일생을 살았다. 시에 뛰어나 문명이 높았다. 저서로 〈석주집(石州集)〉.

새벽, 주인 보고 길을 묻는데,
가을잎 한잎 두잎 옷깃에 졌네.

日入投孤店, 山深不掩扉.
鷄鳴問前路, 黃葉向人飛.

──〈大東詩選〉 (漢詩, p.270)

한 나그네가 지금 힘든 산길을 가고 있다. 길도 잘 모르는
모양이다. 이윽고 해가 졌다. 산골 외딴 녘에 주막집이 하나
보였다. 산은 깊고 밤은 어두운데 사립문이 열려 있었다. 나
그네는 그 주막에서 하룻밤을 쉬었다. 쉬면서 주인과 이야기
를 나누었다. 매출은 안 오르는데 임금은 계속 올리라니 이
거 어디 해 먹겠습니까, 나그네가 한 말이다. 힘드시겠지만
여러 사람 먹여 살린다 생각하고 참으셔야지요, 주인이 잔을
건네며 말했다. 막걸리가 시원했다. 어느덧 새벽닭이 울었
다. 나그네는 서둘러 일어나 주인에게 길을 물었다. 초조한
모습이다. 왜 그토록 바쁘게 떠나는 것일까? 어느덧 그의 나
이에 가을잎이 지고 있었던 것이다. 갈 길은 먼데.

힘든 산길 같은 우리들 인생에 있어서 사립문이 열려 있는
주막집을 만난다는 것은 퍽도 다행한 일이다. 하소연도 할
수 있고 위로도 받을 수 있고 길도 물을 수 있다. 그러나 그
렇더라도 가을을 맞은 사람은 초조하다. 삶의 해는 지는데
할 일은 왜 그리 많은가? 부모님 돌아가시면 어떻게 모실
까? 자식새끼 장가들이고 시집 보낼 일, 나는 또 어디 가서
묻힐까, 아무리 사립문이 열려 있는 주막이라도 거기 더 머

무를 수가 없다. 새벽에 서둘러 일어나 길을 물을 수밖에. 내 후배는 부모님 다 생존해 계시는데, 아들 둘, 딸 둘 사남매는 아직 미성취다. 나이들은 찼는데.

그러나 수많은 가을 나그네들이여, 너무 힘들다고만 생각지 말자. 그래도 더러는 사립문 열려 있는 주막이 있지 않은가? 너무 초조하게만 생각지도 말자. 서둔다고 될 일이 아니다. 모든 것을 하늘에 맡기고 넉넉한 마음으로 가을을 보내자. (- 2001)

# 소나무 대나무
## 題宋明府幽居

 

어느 시골의 마을회관이다. 체격 좋은 한 노인이 어린이 십여 명을 앉혀 놓고 한문을 가르친다. 어제 텔레비전에서 본 장면이다. 노인은 오랜 동안 교직에 종사한 분이라고 했다. 말이 힘찼다.

나는 텔레비전으로 그 장면을 보면서 이안눌(李安訥)[1] 의 시 한 수를 생각했다. 이 시는 퇴임한 어느 원님의 작은 띳집을 읊은 것이다. 제목은 〈제송명부유거(題宋明府幽居)〉[2].

소나무 늘어진 작은 띳집에
에둘러 싱그러이 대숲 푸른데,

---

1) 李安訥(1571∼1637) : 조선 인조 때의 문신, 시인. 호는 동악(東岳). 시에 뛰어나고 글씨도 능했다. 저서로 〈동악집(東岳集)〉.

2) 題宋明府幽居 : 송 명부의 유거에 관하여 씀. 題는 쓰다, 明府는 목민관 (牧民官)의 존칭, 幽居는 은거하는 곳, 宋明府는 미상.

노인 하나 누워서 책을 펼치면

손자놈들 또랑또랑 글 외는 소리.


數椽茅屋倚松根, 逕入脩篁盡掩門.

皤髮老翁欹枕臥, 手披黃卷教兒孫.

——〈大東詩選〉(漢詩, p.292)

옛날에 한 원님이 있었다. 늘 푸른 소나무처럼 변함이 없
었다. 텅 빈 대나무처럼 욕심이 없었다. 정성으로 고을을 다
스렸다. 백성들의 칭송이 자자했다. 어느덧 늙어서 은퇴를
했다. 은퇴를 한 원님은 어느 한적한 곳 푸른 솔 아래 띳집
한 칸을 지었다. 그리고 대를 심어 울타리를 삼았다. 이따금
어린 손자놈들이 몰려들었다. 원님은 책을 펼치고 손자들을
가르쳤다. 손자들은 또랑또랑 글도 잘 외었다.

자, 원님이 어린 손자들을 가르치던 그 책에는 무슨 글이
씌어 있었을까? 혹 소나무와 대나무 이야기는 아니었을까?
그럴 것만 같다. 그러나 지금은 있는 솔, 있는 대도 다 베어
내고 벽돌과 시멘트로 큰 집을 짓는 세상인데다가 할아버지
들도 어느덧 어릴 때 배운 소나무 대나무 이야기를 다 잊은
것만 같다. 그러니 어린 손자들에게 무슨 이야기를 들려 줄
까? 딱한 세상이다.

나는 다행히 아직은 소나무 이야기를 잊지 않고 있다. 대
나무 이야기도 아직은 잘 안다. 그러나 그 이야기들을 자신
있게 들려 줄 힘이 없다. 만일 내 어린 손자들이 내 이야기를
다 듣고 나서,

“그럼 할아버진 어떻게 살았어? 할아버지도 소나무처럼 대나무처럼 그렇게 변함 없고 욕심 없이 살았어?”
하고 물으면 뭐라고 대답할까? 딱한 사람이다.

할아버지가 소나무 대나무 이야기를 안다는 것은 대단히 중요하다. 모르면 가르칠 수가 없는 것이다. 그러나 실천 없는 그 이야기만으로 가르치려 한다면 아무리 말을 근엄하게 해도 어린 손자들이 배우는 것은 거짓밖에 없을 것이다. 어제 저녁 어린이들에게 한문을 가르치던 그 노인의 말은 퍽 힘찼었다. (-1998)

# 이별의 한(恨)
## 自恨

　피천득(皮千得) 선생이 〈수필〉이라는 글에서 말씀하신 청초하고 몸맵시 날렵한 여인, 이매창(李梅窓)[1]을 생각하면 꿈에도 한 번 본 일 없는 그녀가 이런 여인으로 떠오른다. 이상한 일이다. 어떻든 그녀의 시 한 수 읽고 이야기를 계속하자.

　　어젯밤 내린 비에 버들 푸른 빛,
　　매화는 벙글어서
　　흰 빛 고와라.

　　그러나 어이하리, 이 좋은 시절,
　　잔 올려 님 보내는
　　아린 가슴을.

---

1) 李梅窓(1573~1610) : 조선 선조 때의 기녀, 시인. 본명은 향금(香今).
　탁월한 시인이었다. 저서로 〈매창집(梅窓集)〉. 기타는 본문 참조.

東風一夜雨, 柳與梅爭春.
對此最難堪, 樽前惜別人.

—— 〈梅窓集〉(漢詩, p.468)

매창은 부안(扶安)[2] 기녀다. 계생(桂生, 혹 기명인지도 모르겠다.)이라고도 한다. 매창은 그녀의 호다. 그녀는 부안 어느 아전의 딸로 태어났다. 그 아전의 서녀라는 말도 있다. 어떻든 미천한 신분이다. 그러나 그녀는 노래와 춤, 거문고에 이르기까지 두루 뛰어났다. 시도 빼어났다. 하지만 혈육 한 점 남기지 못하고 서른여덟 젊은 나이로 이승을 떠났다.

그녀가 왜 기녀가 되었는지는 확실치 않다. 미천한 신분, 탁월한 재능, 이 둘을 동시에 수용할 수 있는 길이 그 길밖에 없었던 걸까? 그러나 그런 것 따져서 무얼 하겠는가? 내가 사랑하는 청초하고 몸맵시 날렵한 여인은 오로지 탁월한 시인일 뿐이다. 지금 〈매창집(梅窓集)〉이라는 그녀의 시집이 세상에 전한다. 그녀가 죽은 뒤 부안 아전들이 엮은 것이다. 놀라운 일이다.

그럼 위에 보인 시로 돌아가자. 제목은 〈자한(自恨)〉이다. 스스로 한탄한다, 스스로 한스러워한다는 뜻이다. 자, 보자. 아름다운 봄, 좋은 시절이다. 그러나 여인은 이 좋은 시절에 잔 올려 님을 보낸다. 어떻게 한스럽지 않겠는가?

"차라리 잎 지는 가을에 떠나시지."

그러나 그것도 마찬가지다. 한밤에 기러기 슬피 울면 그

---

2) 전라북도 서남쪽에 위치한 고을 이름.

소리는 어찌 듣겠는가? 여름날 처마끝에 비 듣는 소리, 겨울 밤 마른 가지에 바람 부는 소리도 한스럽게만 들릴 것이다.

우리 옛 여인네들의 사랑을 분석해 보면 이별이 절반이다. 지금, 청초하고 몸맵시 날렵한 우리 시인은 저승에서 어떻게 살고 있을까? 정도 깊고 시도 아는 좋은 사람 만나 이별 없는 한 세상 좋이 사시라. 달 밝은 밤이면 거문고도 한 가락 타고. (- 2001)

# 함부로 떠날 일이 아니다

## 詠鶴

사람은 오래 정들이며 살아 온 데를 함부로 떠날 일이 아니다. 살기가 어려워 떠나는 거야 어쩔 수 없지만, 그렇지 않고 다만 다른 데가 더 좋아 보여 훌쩍 떠나는 것은 좀 생각해 볼 일이다. 익숙치 못한 그 다른 데라는 곳엘 가서 큰 어려움을 겪는 사람을 나는 많이 보았다. 그들은 떠난 것을 후회하고 다시 돌아가려 하지만 그것은 쉬운 일이 아니다. 아니, 불가능한 때가 많다. 옛날 정씨(鄭氏)[1]라는 여인이 학을 읊은 것(〈詠鶴〉)도 이런 뜻을 나타내려 한 것이 아닐까? 돌아가지 못하는 가여운 학.

고요하고 밝은 이 한밤을

---

1) 鄭氏 : 조선 선조 때의 여인. 김제남(金悌男, 1562~1613, 선조의 장인)의 며느리. 광해군 때 김제남이 무고를 받아 사사(賜死)되었는데, 이 시는 혹 그러한 일과 관련이 있는지 모르겠다. 벼슬길에 나가지 않았더라면 하는….

신선(神仙)의 옥피리이듯 학이 우네.

선계(仙界)로 돌아가려는 뜻 어이타 어긋나.
속세의 저 비바람에 여린 깃을 씻는가.


一雙仙鶴叫淸霄, 疑是丹丘弄玉簫.[2]
三島十洲歸思濶, 滿天風露刷寒毛.

——〈大東詩選〉 (漢詩, p.484)


학이 있었다. 신선과 함께 살던 학이었다. 어쩌다 세상으로 날아들었다. 선계보다 세상이 더 좋아 보여서 그랬을 것이다. 그러나 지내 보니 세상은 살 만한 곳이 못 되었다. 다시 선계로 돌아가려 했다. 하지만 이미 속세에 더럽혀진 몸, 돌아갈 수가 없었다. 어쩔 수 없이 세상의 비바람을 맞으며 한밤을 울어야 했다.

내가 잘 아는 한 농부는 시골의 큰 부자였다. 그는 농사를 지으면서 무엇 하나 아쉬운 것 없이 살았다. 그런데 갑자기 서울 바람이 들었다. 그래 농토를 남에게 맡기고 고향을 떠났다. 그리고 무슨 사업을 한다며 동분서주했다. 그 사이에 그 많은 땅들이 다 날아갔다. 이제 남은 것은 빈손뿐이다. 그가 어디로 돌아가겠는가?

내가 좀 들은 일이 있는 한 교수는 탁월한 학자였다. 그는 동료 교수와 학생들의 존경을 한몸에 받았다. 그런데 어느

---

2) 丹丘 : 신선이 산다는 곳, 이하 三島十洲도 같은 뜻.

날 정부의 고위직 제의가 있었다. 그는 흔쾌히 수락하고 급히 학교를 떠났다. 그러나 그의 활동은 기대에 못 미쳤다. 이제 남은 것은 옛 동료와 학생들의 안타까운 시선뿐이다. 그가 어디로 돌아가겠는가?

떠나는 모든 농부, 또는 교수가 믈론 다 이렇지는 않을 것이다. 그 중에는 큰 사업을 일으킨 농부도 있고, 훌륭히 관직을 수행하고 다시 학교로 돌아간 교수도 있을 것이다. 그러나 그들은 갑자기 서울 바람이 들거나 관직이 더 좋아 보여 떠난 사람은 아닐 것이다. 면밀한 검토와 고뇌 끝에 사명감을 가지고 떠난 사람일 것이다. 함부로 훌쩍 떠날 일이 아니다. (- 2001)

# 무슨 꿈을 꿀까
## 夢作

어젯밤에 여러분은 무슨 꿈을 꾸었는가? 좋은 꿈, 나쁜 꿈, 또는 아무 꿈도 꾸지 않고 지낸 분도 있을 것이다. 옛날 임숙영(任叔英)[1]은 다음과 같은 꿈을 꾸었다(〈夢作〉).

먼 하늘 흰 이슬에 씻기어 가면
은하수 하얀 물결 춤추는 소리,

밝은 달 하늘에 둥실 떠 오면
신선들의 은은한 옥피리 소리.

白露洗遙空, 明河掛銀闕.[2]
仙人綠玉簫, 夜弄天門月.

—— 〈大東詩選〉(漢詩, p.278)

---

1) 任叔英(1576~1623) : 조선 인조 때의 문신. 호는 소암(疎庵). 문장이 뛰어나고 경사(經史)에 밝았다. 저서로 〈소암집(疎庵集)〉.
2) 明河 : 은하수. 銀闕은 은빛 나는 허공, 즉 하늘.

이 꿈의 배경은 밤하늘이다.

먼저 먼 하늘이 흰 이슬에 씻기어 간다. 깨끗하다. 다음은 그 하늘에 은하수가 흐른다. 하얀 물결 춤추는 소리가 맑게 들려 온다. 어느덧 밝은 달이 둥실 뜬다. 어디서 신선들의 옥피리 소리가 은은히 들려 온다. 깨끗하고 맑고 밝고 은은한 꿈속의 밤하늘. 그처럼 아름다운 삶을 살고 싶은 것이 임숙영의 꿈이었을 것이다.

어째 글이 괜히 근엄해지는 것 같다. 분위기 좀 바꾸자.

자, 그럼 저 유명한 놀부와 변학도의 꿈은 무얼까? 물론 네것이 다 내것이 되는 게 놀부의 꿈이요, 서슬 푸른 권력을 마구 휘두르는 게 변학도의 꿈이다. 이들은 본래 죽이 잘 맞아서, 놀부는 돈으로 변학도를 돕고 변학도는 권력으로 놀부를 돕는 데 이골이 나 있다. 들통나지 않는 상부상조, 이것이 또 이들의 꿈이다.

그럼 우리 앞집, 저 안 유명한 돌이 엄마 아빠는 무슨 꿈을 꿀까? 알 수 없다. 그러나 돌이가 음악 미술 태권도 일등만 하는 꿈, 돌이 형이 나중에 군대 안 가는 꿈, 돌이 누나가 강남 김 회장의 며느리 되는 꿈, 이따금 누군가와 몰래 경춘 가도를 달리는 꿈, 이런 꿈은 아닐 것이다. 둘 다 좀 아둔해서.

그럼 나는 무슨 꿈을 꾸며 살까?

나는 지금까지 내가 살아 온 삶이란 걸 생각할 때 앞으로도 임숙영처럼 아름다운 꿈은 꿀 수 없을 것이다. 또 나의 소심한 성격으로 보아 놀부와 변학도 같은 배짱 좋은 꿈도 꿀 수 없을 것이다. 나도 아둔하기는 우리 앞집 돌이 엄마 아빠와 마찬가지여서 자랑스럽고 지혜롭고 달콤한 꿈 역시 꾸기 어려울 것이다.

　나도 전혀 꿈이 없었던 것은 아니다. 그러나 이룬 것 없이 다 사라졌다. 이제 내게 꿈이 있다면 남을 속이지 않는 꿈, 미워하지나 않는 꿈, 그리고 남에게 신세나 좀 덜 지는 꿈 정도다. 그러나 이것도 쉽게 이루어질 것 같지가 않다. 하기야 쉽게 이루어지면 왜 꿈이라 하겠는가? (-1998)

# 한식(寒食) 날에
## 寒食

　내일이 한식(寒食)이다. 벌써 사오일 전부터 성묘 가는 차들이 눈에 띄었다. 당일은 길이 막혀서 힘들므로 미리 서두르는 사람이 많다. 이렇게 무덤을 찾아가 술도 따르고 손질도 하는 것이 한식에 행하는 우리네 풍속이다. 지하의 최기남(崔奇男)[1]은 이번 한식에도 그 무덤을 찾아갈 것이다. 그의 〈한식(寒食)〉은 읽으면 공연히 슬퍼진다.

　긴 둑에 봄바람, 보슬비 내려
　풀빛은 안개 낀 듯
　아련도 한데,

　무덤들 나란한 북망산(北邙山) 길은

---

1) 崔奇男(1586~1665) : 조선 인조 때의 천민 시인. 호는 귀곡(龜谷). 시에 뛰어나 일본에까지 이름을 떨쳤다. 저서로 〈귀곡집(龜谷集)〉.

백양나무 흰 가지에
까마귀 울고.


東風小雨過長堤,　草色如烟望欲迷.
寒食北邙山下路,[2] 野鳥飛上白楊啼.[3]

——〈大東詩選〉(漢詩, p.302)

최기남은 탁월한 시인이었다. 그러나 미천한 신분, 지체
높은 집안의 슬픈 종이었다. 그런 그가 일찍이 한식날에 어
느 무덤을 찾아갔다. 누구의 무덤인지는 나도 모른다. 혹 같
은 처지의 한많은 친구는 아니었을까? 봄바람에 보슬비가
내리고 있었다. 풀빛이 안개 낀 듯 아련했다. 보슬비 속이라
그랬을까? 눈물이 앞을 가려 그랬을 것이다. 백양나무 흰 가
지에서 까마귀가 울었다. 여러 많은 소리 중에 하필 까마귀
소리가 들렸을까? 까마귀는 죽음의 상징이다. 먼저 간 사람
의 죽음이 너무 안타깝고 슬퍼서 그랬을 것이다.

　우리 동네 김 선생은 아마 벌써 다녀왔을 것이다. 마나님
의 무덤은 송추에 있다. 아들 셋이 다 효자여서 그 중 하나가
차를 내 사부자가 늘 함께 다녀온다. 누가 보아도 보기 좋은
모습이다. 그런데 김 선생은 언젠가 술 한잔 하는 자리에서
말하기를

　"이녀석들이 좀 안 따라왔으면 싶어, 허허허. 한잔 얼큰히

---

2) 北邙山 : 중국의 묘지로 유명한 산. 여기서는 공동 묘지.
3) 白楊 : 백양나무. 옛날부터 무덤에 많이 심었다고 한다.

하고 마누라 곁에 누워서 이런 말 저런 말 노닥이다가 해가 지면 돌아오고 싶은데 이녀석들이 있으니, 허허허."
했다. 그럴 것 같았다. 그런데 해가 지면 적막한 그 산에 마나님 혼자 두고 또 어떻게 발걸음을 떼어놓겠는가?

　자, 최기남의 시를 다시 보자. 이 시는 한식날의 한 정경을 그림처럼 그린 것이지만 그 속에는 울음을 참는 울먹임이 들어 있다. 김 선생의 허허 웃는 웃음도 실은 그런 울먹임에 다름 아닐 것이다. 누구나 태어나면 다 죽는 것이지만 정든 사람의 죽음은 죽은 뒤에도 늘 슬프다. 비단 한식날만이겠는가? (- 2001)

# 이승과 저승
## 汾西挽

　내 친구 한 사람이 수년 전에 상처를 했다. 교통 사고였다.
장례를 치르고 며칠 지난 뒤 친한 몇 사람이 그를 불러냈다.
홀 넓은 맥주집이었다. 그는 말 없이 잔을 받았다. 얼마나 지
났을까, 꽤 많이 취한 그는 갑자기 무대 앞으로 나가 마이크
를 잡았다.

　"젖은 손 애처러워 살며시 잡아 본⋯."

　아내에게 바치는 노래였다. 그의 뺨엔 눈물이 번들거렸고
그 부르는 노래는 처절을 극했다. 저승은 있어야겠구나, 그
가 그 부인과 다시 만날 수 있는 세상은 반드시 있어야겠구
나, 그때 나는 이런 생각을 했었다.

　그런데 그도 요 며칠 전에 세상을 버렸다. 간암이다. 나는

---

1) 李明漢(1595~1645) : 조선 인조 때의 문신. 호는 백주(白洲). 시와 글
　씨에 뛰어났다. 저서로 〈백주집(白洲集)〉, 시조로 〈울며 잡은 소매〉.

2) 汾西挽 : 분서의 죽음을 애도함. 汾西는 박미(朴瀰:1592~1645, 조선
　인조 때의 문인)의 호. 둘을 남매 관계로 본 것은 하나의 상상.

오늘 우연히 이명한(李明漢)[1]의 〈분서만(汾西挽)〉[2]을 읽었는데, 두 번 세 번 읽으면서 그를 많이 생각했다.

> 저승도 사는 모습 이승 같겠지.
> 그립던 부모님 이제는 뵈옵겠네.
> 여보게, 자네 누이가 내 소식을 물을 텐데.

> 兄弟相隨拜父母, 地中還似世間無.[3]
> 君歸細報吾消息, 令妹逢君必問吾.
>
> ——〈大東詩選〉(漢詩, p.296)

"저승도 이승 같겠지. 부모형제, 아내도 함께 살겠지."

아내를 여읜 한 남편을 상상해 보자. 죽은 아내가 그립다. 그런데 서로 의지해 오던 처남마저 저승을 간다. 저승엘 가면 먼저 가 있는 부모형제 다시 만나겠지. 그 속에는 내 아내도 섞여 있겠지. 저승 가는 처남보다 이승의 내가 더 서럽다.

"저승은 정말 있을까?"

천당이라고 해도 좋고 극락이라그 해도 상관 없다. 다만 지옥 이야기는 하지 말자. 사람들이 그리도 오랜 세월을 두고 믿어 온 것이니 저승은 분명 있을 것이다. 내 친구의 그 처절한 노래가 헛된 것이 되지 않기 위해서라도 저승은 반드시 있어야 할 것이다. 그리고 그곳은 이승과 조금도 다름이 없이 형제가 서로 따르고 부모를 공경하며 살 것이다.

---

3) 似~無 : 같은가 다른가? 여기서는 같겠지 하는 뜻.

내 친구는 지금 어떻게 지내고 있을까? 부인과 함께 등산
도 하고 낚시도 다닐 것이다. 이승에서도 그랬으니까. 마을
뒷산을 산책하며 토닥거리기도 할 것이다. 여기서도 그랬으
니까. 함께 시장도 다닌 그들이니 거기서도 그럴 것이다.

나는 지금 그 친구가 부인의 손을 잡고 노래부르는 모습을
본다. 노래부르는 그와 그 부인의 얼굴에 행복이 흐른다.

"젖은 손 애처로워 살며시 잡아 본…." (- 2000)

# 어느덧 고향 사람

## 題蔣明輔江舍

　지역 감정(地域感情)이라는 말이 있다. 우리가 흔히 듣는 말이다. 이 말은 자기 지역을 사랑하는 감정을 뜻할 법한데 실은 다른 지역을 미워하는 감정을 뜻하는 말로 흔히 쓰인다. 참 못된 뜻이다. 나는 이 말을 들을 때마다 생각나는 옛 시가 한 수 있다. 허목(許穆)[1]이 지은 〈제장명보강사(題蔣明輔江舍)〉[2]다.

　　물들인 듯 푸른 강에
　　봄이 가는데,

　　오다가다 만나는

---

1) 許穆(1595~1682) : 조선 숙종 때의 문신, 학자. 호는 미수(眉叟). 글씨와 그림, 문장에 두루 뛰어났다. 저서로 〈미수기언(眉叟記言)〉 등.
2) 題蔣明輔江舍 : 장명보의 강사를(-에서) 씀. 蔣明輔는 미상. 江舍는 강가에 지어 놓은 집. 강가의 별장쯤으로 이해할 일.

타향 사람들.

한잔 술 나누고 보니
어느덧 고향 사람.

江水綠如染, 天涯又暮春.
相逢偶一醉, 皆是故鄉人.

──〈大東詩選〉(漢詩, p.310)

오다가다 만나는 타향 사람들, 우연히 술 한잔 나누고 보
니 고향 사람처럼 정이 든다. 세월은 봄 가듯이 허무하게 흐
르는데, 고향 사람 타향 사람 따져서 무얼 하는가? 사람은
정들이기 나름이다. 정들면 타향 사람도 고향 사람 된다.

사람은 사람이니만치 제 고향에 대한 사랑이 없을 수 없
다. 혹 타향에 가서 살게 되면 그 사랑은 그리움으로 남는다.
아름다운 감정이다. 그런데 어떻게 이 아름다운 감정이 타지
역에 대한 미움으로 변할 수 있겠는가? 혹 두 지역 주민들이
서로 이해(利害)가 상충해서 그렇게 될 수 있을지 모른다.
그러나 대체로 그것은 정치하는 사람들이 서로 부추긴 결과
다. 내 지역에서 내가 몰표를 얻으려면 타지역에 대한 내 지
역 유권자들의 증오감을 부추겨야 하는 것이다. 나라가 어떻
게 쪼개지든 그들은 안중에도 없다.

요 얼마 전에 충청북도 영동(永同) 어느 마을 사람들과 전
라북도 무주(茂朱) 어느 마을 사람들이 서로 정답게 살아 가
는 모습이 텔레비전에 방영된 일이 있다. 이웃한 두 마을 사

람들은 혹 심심하거나 궁금하면 서로 찾아보며 한 마을 사람
들처럼 지낸다. 그들은 무슨 도니 지역이니 하는 말을 모르
는 듯했다. 정치하는 분들이여, 제발 그 두 마을엔 가지 마시
라. 나는 불안하다.

이제 1년 남짓이면 새 대통령을 뽑는다. 내놓고 말하지는
않지만 그 예비 후보들의 눈치 작전이 치열한 듯하다. 그들
은 또 지역 감정을 부추길지 모른다. 이번엔 유권자가 정신
을 차려야 한다. (- 2001)

# 농가의 저녁때
## 田家

    오늘 몇몇 친구와 함께 교외에 있는 어느 음식점엘 갔다. 흙바닥으로 된 넓은 방에 아무렇게나 깎아 만든 투박한 나무 식탁이 몇 놓여 있었다. 빈대떡에 동동주 한잔을 기울이고 둘러보니, 벽에는 삿갓, 대바구니, 키, 그 아래는 다듬잇돌과 방망이, 그리고 앙증맞게 생긴 꼬마들의 지게, 옛 농촌 분위기를 살리려고 애쓴 흔적이 보였다. 그때 나는 그 벽 어디에다 손필대(孫必大)[1]의 〈전가(田家)〉 한 수 써 붙이면 어떨까 했다. 전가는 농사짓는 집이다.

    김매다 날 저물어 돌아왔더니,
    어린 놈 문에 나와 이르는 말이

    아랫집 저놈의 못된 쇠새끼,

---

1) 孫必大(1599~?) : 조선 인조 때의 문신, 시인. 호는 세한재(歲寒齋). 시문이 뛰어났다.

개울가의 우리 기장 다 처먹었어.


日暮罷鋤歸, 稚子迎門語.
東家不愼牛,[2] 齕盡溪邊黍.

——〈大東詩選〉(漢詩, p.304)


옛날에 농부가 한 사람 있었다. 온종일 김을 매다 날이 저물어 돌아왔다. 돌아올 때 생각하기로는, 어서 가 찬물에 푸푸 낯도 좀 씻고, 저녁 먹고는 일찌거니 푹 쉬어야지 했을 것이다. 허기도 지고, 뼈마디도 쑤시고, 이 뜨거운 여름에 하루 이틀도 아니고.


가기 싫어, 가기 싫어, 조밭 매러 가기 싫어.
쇠털같이 많은 날에 조밭 매러 가기 싫어.


향수(鄕愁)로 돌아보는 농촌은 낭만적일 수도 있지만, 옛날 그 농촌의 현실은 힘든 하루하루였다. 그런데 이 힘든 하루를 마치고 돌아와 보니 또 속터질 일이 기다리고 있다. 아랫집 김 서방네 쇠새끼가 개울가의 우리 기장을 다 처먹었다는 것이다. 답답한 일.
하기는 이게 그 농부의 일만도 아니다. 걱정 하나 더는가 싶으면 또 금방 걱정거리가 생기고 더러는 덜기도 전에 이

---

2) 東家不愼牛 : 동쪽 집의 삼가지 못하는 소. 東家는 이웃집 정도의 뜻, 不愼牛는 멋대로 날뛰는(못된) 소.

어 생기고, 이것이 인생이라는 것이다. 답답한 일.

　이것으로 이 글을 끝낸다. 그런데 위의 석 줄처럼 글을 끝맺고 보니 너무 비관적이라는 생각이 든다. 다음과 같이 고치면 어떨까?

　그러나 너무 답답하게만 볼 것은 없다. 김맬 밭이 있고 남의 집 소가 뜯어먹을 기장이 있지 않은가? 힘은 들지만 이 밭, 이 곡식 부지런히 가꾸어 위로 부모님 봉양 잘 하고 아래로 처자식 잘 먹이면 또한 보람 있는 인생 아닌가? 걱정은 다 있다. (– 2001)

# 눈 속의 주막집
## 途中

또 눈이 내리려는지 하늘이 어둑하다. 며칠 전에도 큰 눈이 내렸다. 앉아서 구경하는 사람은 펑펑 눈 쏟아지는 것이 보기 좋겠지만 험한 산길을 가야 하는 사람은 그런 힘겨운 일이 다시 없다. 게다가 바람이라도 세차게 불면 더욱 힘들 것이다. 옛날 윤계(尹揩)[1]의 〈도중(途中)〉[2]을 보면 그도 그런 길을 갔던 모양이다.

저무는 산길에 삭풍(朔風) 몰아쳐
사무치는 추위 속에 힘겨운 걸음.

언 숲엔 안개구름 피어나는데
저만치 흰 눈 속에 주막집 하나.

---

1) 尹揩(1622~1692) : 조선 숙종 때의 문신. 호는 하곡(霞谷). 문장과 글씨에 뛰어났다. 저서로 〈하곡집(霞谷集)〉.
2) 途中 : 길 가는 중. 인생의 길을 말하는 것이겠다.

日暮朔風起, 天寒行路難.
白烟生凍樹, 山店雪中看.[3]

—— 〈大東詩選〉 (漢詩, p.314)

한 나그네가 산길을 간다. 해는 저물고 삭풍(겨울에 북녘에서 불어 오는 바람, 북풍)은 몰아치는데 추운 날씨에 눈까지 퍼붓는다. 도무지 걸음 떼어 놓기가 어렵다. 힘들고 고달픈 겨울 나그네. 그때 저만치 흰 눈 속에 주막집 하나가 보인다. 저 주막엔 훈훈한 방이 있을 것이다. 따뜻한 밥과 국, 시원한 막걸리도 있을 것이다. 어려운 겨울 나그네에게 이보다 더한 위안이 어디 있겠는가?

자, 우리의 삶을 뒤돌아보자. 우리도 모두 저 힘들고 고달픈 겨울 나그네는 아닐까? 그렇다면 우리 서로, 서로에게 훈훈하고 따뜻한 주막이 되어 줄 수는 없을까? IMF 한파가 극심하던 1998년, 나는 정몽주(鄭夢周)의 〈춘흥(春興)〉을 인용하여 〈한겨울의 봄비〉라는 글 한 편을 쓴 일이 있다. 나는 거기서 이렇게 말했다.

남의 일로만 알았던 IMF 한파가 매섭게 몰아치고 있다. 너나 없이 가슴들이 얼어붙었다. 우리 서로, 서로의 언 가슴에 봄비가 되어 주자. 정다운 미소 한 번, 따듯한 말 한 마디, 은근히 건네는 소주 한 잔을 사소한 것이라고 생각지 말자.(중략) 그러면 IMF 한파가 아무리 매섭게 몰아쳐도 우리는 웃음

---

3) 山店 : 산에 있는 주막집. 들에 있으면 야점(野店).

을 잃지 않고 이 강추위를 견디 낼 수 있을 것이다.[4]

이제 IMF한파는 가셨다지만 삶이 어려운 사람은 아직도
많다. 며칠 전, 강원도 어느 가난한 시골 교회 목사님이 날마
다 설흔 몇 명의 어려운 아이들에게 밥을 마련해 먹인다는
보도가 있었다. 봉고차를 모는 목사님의 모습도 화면에 비치
었다. 우리도 다 목사님 같은 따뜻한 주막, 훈훈한 봄비가 되
도록 마음을 써 보자. 그게 어려우면 적어도 삭풍만은 되지
말자. 찬비만은 되지 말자. (- 2000)

---

4) 이 책 p. 106

# 버들과 복사꽃과 봄비
## 春雨

사람은 그 생각이 자유로워야 한다. 한쪽에 치우치면 다른 쪽을 보지 못한다. 이쪽에서도 보고 저쪽에서도 볼 줄 알아야 한다. 나는 이런 이치를 우리 어린이들에게 깨우쳐 주고 싶어서 글 한 편을 쓴 일이 있다. 〈봄비〉라는 제목이다.

봄입니다. 비가 주룩주룩 내립니다.
파란 버들잎이 비를 맞아 더욱 산뜻합니다. 싱그러운 모습입니다. 하지만 연분홍 복사꽃은 비를 맞아 다 집니다. 가여운 모습입니다. 똑같은 봄비가 똑같이 내리는데, 하나는 싱그러운 모습, 하나는 가여운 모습입니다. 어쩌면 이리 서로 다른 삶일까요?
봄입니다. 비가 주룩주룩 내립니다[1].

---

1) 졸저 : 〈빛깔들의 합창〉.

　　이것은 물론 내가 쓴 글이지만 내 창작은 아니다. 옛날 윤홍찬(尹弘燦)[2]의 〈춘우(春雨)〉를 어린이용 산문으로 고쳐 쓴 것이다. 이 시의 전문을 보이면 다음과 같다.


　　비가 내리네.
　　봄비가 내리네.


　　버들은 비를 맞아 산뜻도 한데
　　복사꽃은 하나 둘 힘없이 지네.


　　똑같은 봄비 고루 오는데
　　어쩌면 이리 서로 다른 삶일까.


　　柳色雨中新, 桃花雨中落.
　　一般春雨中, 榮悴自堪惜.[3]

——〈大東詩選〉 (한시, p.332)


　　봄비는 생명을 싹틔우고 성장시키는 거룩한 존재다. 버드나무도 복숭아나무도 이 봄비로 하여 눈이 텄다. 그런데 시간이 좀 지난 지금은 사정이 퍽 다르다. 버들은 봄비 속에 더욱 산뜻하지만 복사꽃은 비를 맞아 다 지는 것이다. 아, 버들에는 봄비가 내리고 복사꽃에는 봄비 대신 봄볕이 내린다면

---

2) 尹弘燦 : 조선 숙종 때 사람. 기타는 미상.
3) 榮悴 : 영화롭게 됨(버들)과 초췌하게 됨(복사꽃).

얼마나 좋을까?

나는 우리 어린이들이 이런 사실에 주의를 기울였으면 한다. 그러면 그들은 머잖아 버들에 좋다고 해서 복사꽃에도 늘 좋은 것은 아니라는 사실을 발견하게 될 것이다. 그리고 그들은 이런 발견을 통해서 버들과 복사꽃은 같은 잣대로 잴 수 없는 서로 다른 성향의 개별적 존재라는 사실도 이해하게 될 것이다.

우리들 어른은 이런 이치를 잘 안다. 그러나 잊을 때가 너무 많다. 시 잘 짓는 아이 보고 피아노 못 친다고 윽박지르는 것이 바로 어른이다. 그렇다면 우리 어린이들은 이런 어른들에게 무얼 배울까? (- 2001)

# 장 벌리는 사람들
## 延豊

 

성내역에 내리면 할머니들이 전을 벌리고 앉아 있는 것을 볼 수 있다. 콩 도라지 더덕 상추 깻잎 애호박, 파는 것도 참 많다. 한푼이라도 더 벌려고 땡볕에 수건 쓰고 나앉아 있는 것을 보면, 좀 안된 생각이 들면서도 그 끈질긴 생활력에 경의를 표하게 된다.

언젠가 산정호수에 간 일이 있다. 아기 업은 아낙네들이 머루니 다래니 산나물 같은 것을 팔고 있었다. 그때 나는 그걸 보고 이병연(李秉淵)[1]의 〈연풍(延豊)〉을 생각했었다. 연풍은 소백산맥 속에 있는 아주 험준한 산지(山地)다.

구름 속에 푸른 산,
연풍 이 고을.

---

1) 李秉淵(1671~1751) : 조선 영조 때의 둔인. 호는 사천(槎川). 당대의 탁월한 시인이었다. 저서로 〈사천시초(槎川詩鈔)〉.

흐르는 맑은 물 가, 모래 흰 곳에
나그네들 잠시 쉬며 도시락 풀면,

마을 사람 다가와
장을 벌린다.


蒼山連驛亭,[2] 半入白雲裏.
行人沙上飯,  居人水頭市.

——〈大東詩選〉(漢詩, p.328)


한 사람, 혹은 두셋씩 짝을 지은 나그네들이 지금 연풍 고을을 지난다. 험준하기로 이름난 산지다. 아득히 이어진 푸른 산속, 반은 흰 구름에 잠겨 있다. 그 골짜기에 맑은 내가 흐른다. 어느덧 점심때다. 나그네들이 그 냇가 모래 흰 곳에 도시락을 푼다. 문득 보니 사람 몇이 다가온다. 이 마을 사람들이다. 이것저것 늘어놓으며 사라 한다. 도라지 더덕 고사리 취나물….

이 험준한 산지에 논 한 다랑이 변변한 게 있을 리 없다. 그러니 팔밭뙈기나 일구어 먹어야 하는 그 살림이 오죽하겠는가? 그래도 먹고는 살아야 한다. 도라지 더덕 고사리 취나물, 부지런히 뜯고 캐다 파는 이것들은 그들의 삶의 소중한 수단이다.(지금의 연풍은 국도가 중앙을 관통하여 교통이 편리하고 초등학교와 중등학교도 세워져 이 시 속의 연풍과는 물론 다

---

2) 驛亭 : 옛날 공문을 중계하고 공용 여행자들에게 말을 갈아 태워 주던
   곳. 역(驛), 우역(郵驛).

르다.) 그래, 소중한 수단이다.

자, 다시 성내역의 그 할머니들한티로 돌아가 보자. 그 중에는 혼자 사는 할머니도 있을지 모른다. 영감님을 뉘어 놓고 나온 할머니, 자식이 실직한 할머니도 있을지 모른다. 대체로 어려운 삶일 것이다. 그러나 남에게 신세 안 지며 살려고 애를 쓴다. 우리가 어떻게 그 강인한 생활력 앞에 경의를 표하지 않을 수 있겠는가?

연전에 한 할머니가 애써 모은 몇 억인가의 많은 재산을 이웃 학교에 기증한 일이 있다. 그 할머니도 연풍 같은 험한 인생을 살아온 분이었다. 편하게만 살려고 하는 사람들도 많은데. (- 2001)

# 농부네 집
## 田家

　오늘 낮 친구 몇 사람과 어느 대중 음식점으로 점심을 먹으러 갔다. 그 집 벽에, 우렁된장 전문, 순두부 전문 하는 서툰 붓글씨가 나붙어 있었다. 일행 중의 한 사람이 그걸 보고는 그 우렁이라는 게 다 중국산이라면서 자기는 순두부를 먹겠다고 했다. 그러자 또 한 친구는 콩도 중국에서 수입하는데 뭘, 하면서 오랫만이니 그냥 우렁된장을 먹겠다고 했다. 나는 옛날 이용휴(李用休)[1]의 어느 농부네 집(〈田家〉)을 생각하면서 우렁된장을 주문했다.

　엄마는 아기 안고 토닥거리고,
　아빠는 구부리고 외양간 치고.

　뜰에는 쌓여 있는 우렁 껍데기,

---

1) 李用休(1708~1782) : 조선 정조 때의 시인. 호는 혜환재(惠寰齋). 문명이 높았다. 저서로 〈혜환시초(惠寰詩抄)〉.

부엌엔 남아 있는 달래 몇 뿌리.

婦坐搯兒頭,　翁偏掃牛圈.
庭堆田螺殼,[2] 廚遺野蒜本.[3]

——〈大東詩選〉(漢詩, p.340)

　어느 농부네 집이다. 농부의 아내가 마루에 아기를 안고
앉아 토닥거리고 있다. 농부는 쇠스랑으로 외양간을 친다.
뜰에는 우렁이 껍데기가 소복하다. 농부가 논에 갔다 오다가
잡아온 우렁이일 것이다. 부엌을 들여다보니 달래 몇 뿌리가
아직 남아 있다. 농부의 아내가 아기를 업고 가 캐 온 달래일
것이다. 우렁이도 까 넣고 달래도 다듬어 넣고 자글자글 된
장이라도 끓였던가 보다. 구수하고 향긋한 냄새가 코끝에 풍
겨 오는 것만 같다.
　아내가 있고 아기가 있고 남편이 있으니 오붓한 모습이다.
게다가 외양간도 있으니 넉넉한 모습이다. 오붓하고 넉넉한
이 농부네 집엔 우렁이도 잡아다 먹고 달래도 캐다 먹는 생
활이 있다. 살뜰한 모습이다. 이 시는 궁상맞지 않아서 좋다.
　이윽고 종업원이 음식을 날라왔다. 우리는 소주 한 잔씩들
을 땡 부딪히고 각자 숟가락을 들었다. 우렁이 두어 알과 두
부 한 조각이 안주로 좋았다. 달래가 안 들어가서 농부네 우
렁된장처럼 상긋하진 않았지만 그래도 구수하기는 마찬가지

---

2) 田螺 : 우렁이
3) 野蒜 : 달래.

일 듯했다.

　나는 밥 한 술에 우렁된장 한 숟가락씩 떠넣으면서 옛날 그 농부네 집을 또 생각했다. 외양간엔 할 수 없이 농협에서 융자를 받아 경운기를 들여 놓았다. 그러나 수리비에 기름값이 만만찮다. 이번 수해에 빚은 안 졌을까? 아들놈 대학 등록금은 어떻게 댈까? 독한 농약 때문에 우렁이가 못 산다니 무얼 잡아다 된장을 끓일까? 오붓하고 넉넉하고 살뜰하던 농부네 집이 공연히 쓸쓸하게 다가왔다. 나는 내가 신경 쇠약인가 싶어 소주 한잔을 쭉 들었다. (– 2001)

# 호들갑에 관하여
### 樵童

내 아는 사람 하나는 손에 아주 작은 가시만 박혀도 병원
으로 달려간다. 누가 속이 좀 쓰리다고 하면 빨리 가서 위 검
사를 받아 보라고 다그친다. 참 심한 호들갑이다. 꼭 이헌경
(李獻慶)[1]의 나무하는 녀석들(〈樵童〉) 같다.

그 산이 좀 험해. 헌데 나무하는 녀석들은 다 조무래기
야. 눈 속에 젖은 나무를 한 짐씩 해 지고 내려오는데, 아
어둑한 저쪽에 호랑이 한 다리가 웅크리고 있네그려. 그래
소리를 쳤지.

"사람 살려, 호랑이야."
"사람 살려, 호랑이야."

---

1) 李獻慶(1719~1791) : 조선 정조 때의 둔신. 호는 간옹(艮翁). 문장에
   능하고 저술이 많았다. 저서로 〈간옹집(艮翁集)〉.

깜짝 놀란 마을 사람들이 정신 없이 뛰어올라가 보니,
웅크리고 앉은 건 호랑이 아닌 바위였어. 그 녀석들 호들
갑은 원.

山險樵童小, 雪中取濕薪.[2]
暮歸石似虎, 嶺上急呼人.[3]

——〈大東詩選〉(漢詩, p.344)

이 시를 읽으면 웃음이 난다. 아무리 어린 녀석들이기로서
니 설마 바위를 호랑이로 보았을까? 이것은 지은이의 재미
있는 거짓말이다. 그러니까 미소 한번 짓는 것으로 족하다.
그런데 알 수 없다. 바위를 호랑이로 보고 호들갑을 떠는 저
나무하는 녀석들 같은 경박한 사람들을 경계하자는 뜻은 없
을까? 내 발이 저려서.

자, 그럼 내가 안다는 그 사람에게로 돌아가 보자. 그가 손
에 작은 가시 하나만 박혀도 병원으로 달려가는 것은 다른
사람에게 별 영향을 끼치지 않는다. 그가 그런다고 내 주머
니에서 돈이 나는 것이 아니다. 그러나 속 좀 쓰리다는 사람
을 보고 빨리 위 검사를 받아 보라고 다그치는 것은 좀 다르
다. 그 말에는 위암일지도 모른다는 뜻이 함축되어 있다. 그
것은 속 좀 쓰리다는 사람을 불안하게 만든다. 설령 위암일
가능성을 그가 확실히 알았다 하더라도 다그치며 말할 것은

---

2) 濕薪 : 젖은(눈비에) 땔감.
3) 急呼人 : 급히 사람을 부른다. 급히 사람 살리라고 외쳐 댄다.

아니다. 그럴수록 속 좀 쓰리다는 사람이 불안해하지 않고 검사를 받을 수 있도록 말의 선택에 신중해야 할 것이다.

이런 생각을 하다가 우리 정치적 현실을 돌아보면 한숨이 절로 나온다. 야당은 여당의 실정으로 나라가 절단날 것처럼 외쳐 댄다. 여당은 야당이 사사건건 발목만 잡는다고 맞받아친다. 외쳐 대는 소리든 맞받아치는 소리든 국민이 불안하기는 마찬가지다. 그런데도 양쪽이 마주앉아 진지한 언어로 대화할 줄을 모른다. 그러니 어떻게 국민을 안심시킬 수 있는 말 한 마디가 나올 수 있겠는가? 다들 공부도 많이 한 똑똑한 사람들인데 사려는 전혀 없어 보인다. (– 2001)

# 나그네가 하는 말
## 江行

"무슨 놈의 인심이 이렇게 고약한가?"

정말이지 고약한 인심을 만날 때가 종종 있다. 그럴 때 우리는 이렇게 개탄한다. 그런데 이렇게 개탄하는 것을 좀 못마땅하게 생각하는 사람도 더러 있는 모양이다. 옛날 이광려(李匡呂)[1]의 〈강행(江行)〉[2]이라는 시 좀 보자.

인심이 사납다고
말하지 말게.

이 몸은 떠도는
오랜 나그네.

---

1) 李匡呂(1720~1783) : 조선 정조 때의 학자. 호는 월암(月巖). 학문에 밝고 문장이 뛰어났다. 저서로 〈이참봉집(李參奉集)〉.
2) 江行 : 강을 감. 江은 우리 인생의 길을 말한 것인 듯.

만나는 주인마다
은혜로웠네.

輒說人心惡, 平生怪此言.
峽行久爲客, 屢愧主人恩.
　　　　　　　　　——〈大東詩選〉(漢詩. p.342)


"인심이 고약하다구? 그런 말 말게. 나는 오랫동안을 떠돌이 나그네였네. 헌데 만나는 주인마다 은혜로웠네."

그의 말이다. 떠도는 나그네라면 더러는 눈치도 보고 구박도 받았을 법한데 만나는 주인마다 은혜로웠단다. 자, 우리는 이 말을 믿어야 하나 믿지 말아야 하나? 모르겠다. 어쨌든 그는 주인의 은혜를 많이 입었다고 한다. 그럼 좋은 주인만 만나서 그럴까? 아닐 것이다. 그가 먼저 잘했기 때문일 것이다. 말 한 마디도 저 할 탓이다. 문득 생각나서 짧은 글 한 편 소개한다.


소나무가 진달래에게 말했습니다.
"넌 가을이 되면 가지만 앙상하니 그거 어디 볼품 있니?"
진달래가 코방귀를 쿵 뀌겨 말했습니다.
"넌 봄에 피는 그 꽃이라는 게 어디 눈에 띄기나 하니?"
소나무는 기분이 나빴습니다. 이튿날입니다.
"네가 봄에 피우는 연분홍 꽃, 정말 아름다워."
진달래가 환희 웃으며 말했습니다.
"아냐. 눈서리도 모르는 너의 그 푸른 잎새야말로 정말 미덥기 그지없지."

　소나무는 기분이 좋았습니다.[3]


　이것은 내가 우리 어린이들이 읽었으면 하고 쓴 글 《소나
무의 말솜씨》)이다. 남의 비위나 맞추라는 말로 오해되지 않
기를 바란다. 은혜로운 주인을 만나고 못 만나는 것은 다 제
할 탓이다. (- 2001)

---

3) 졸저 : 〈빛깔들의 합창〉.

# 잔칫날에
## 春詞

내 선배 한 분이 고희를 맞는다 해서 그 아드님들 이름으로 청첩을 보내 왔다. 며칟날 몇시, 어느 교외에 주안을 마련하려 하니 꼭 와서 함께 한잔 하고 가라는 것이다. 그런데 그날 나는 갈 수가 없는 사정이었다. 기안했다. 내가 만일 글씨를 좀 쓸 줄 안다면 나는 아마 신부용당(申芙蓉堂)[1]의 〈춘사(春詞)〉를 써서 축하의 뜻을 전했을 것이다. 봄의 글, 그러나 이것은 잔치를 읊은 시다.

봄빛 푸르고 날씨 좋구나.
나무도 기뻐하네,
풀도 기쁘고.

---

1) 申芙蓉堂(1732~1791) : 조선 정조 때의 여류 시인. 부용당은 그녀의 호. 별호는 산효각(山曉閣). 신광수(申光洙) 등 세 오라버니와 함께 시에 뛰어났다. 저서로 〈부용시선(芙蓉詩選)〉.

아들딸 잔 올리며 비는 말씀이
오래 오래 사시소서.
평안하소서.


靑春冥冥,[2] 草木訴訴.[3]
祝曰萬歲, 父母安安.

　　　　　　　　　──〈芙蓉詩選〉(古典詩, p.274)


　온 산과 들에 봄빛이 푸르다. 날씨도 화창하다. 누구네 집
에 경사가 있나 보다. 나무도 기뻐하고 풀도 기뻐한다. 자,
그 집으로 가 보자. 지금 한창 잔치가 벌어지고 있다. 어머니
의 회갑 잔치인지 아버지의 칠순 잔치인지 그건 아직 물어
보지 못했다. 어쩌면 두 분의 회혼 잔치인지도 모르겠다. 이
윽고 아들딸들이 잔을 올린다. 마을 사람들이 기쁜 얼굴로
둘러서 있다.
　참 행복해 보인다. 아버지 어머니 앞에 잔 올리는 그 아들
딸들 얼마나 기쁠까? 두 분 다 살아 계시니 기쁘고, 두 분 다
평안하시니 기쁘고, 이렇게 잔칫상을 올릴 수 있으니 기쁘
고. 이 글을 쓰는 나는 두 분이 다 안 계시다.
　내 아버지는 일찍이 아버지를 여의시고 홀어머니와 큰형
님 손에 길리셨다. 그런데 환갑을 몇 달 앞두고 내 아버지에
게 아버지 같으셨던 내 큰아버지가 돌아가셨다. 아버지는 잔

─────────────────

2) 冥冥 : 그윽한 모양. 푸른 봄이 그윽하다는 뜻.
3) 訴訴 : 기뻐하는 모양. 풀과 나무가 기뻐한다는 뜻.

치 안 한다 하시고 잔치 이야기는 입에도 못 담게 하셨다. 그
삼 년 후가 어머니 환갑이셨다. 그러나 아버지가 안 한다 하
신 잔치를 어머니가 한다 하시겠는가? 아버지는 고희 전에
돌아가시고 어머니는 고희를 넘기셨지만 여전히 못 하게 하
셨다. 그리고 두 분 다 돌아가시고 내가 환갑이 되었다. 나도
아이들에게 환갑 잔치 못 하게 했다.

요즈음은 환갑 잔치는 잘 안 하지만 고희 잔치는 많이 하
는 듯하다. 그런 잔치에 가 보면 그 잔 올리는 아들딸들이 여
간 부럽지가 않다. 내가 고희가 되면 내 아이들도 그렇게 하
려 하겠지만, 그러나 제 부모 잔치 한 번 못 해 드린 내가 무
슨 염치로 그걸 받겠는가? (－2001)

# 설 날
元朝對鏡

옛날 어느 나이 지긋한 선비 하나가 설날 아침에 거울을 보았던(〈元朝對鏡〉) 모양이다. 수염발이 희끗거렸다. 그래 시 한 수 읊었다. 그 선비, 우리가 잘 아는 박지원(朴趾源)[1]이다. 며칠 안 있으면 설이니 한번 읽어 보자.

설날 아침에 거울을 보네.
어허, 수염발이 희끗거리네.

키는 작년과 다름 없는데,
얼굴은 해마다 달라지는군.

그래도 설날은

---

1) 朴趾源(1737~1805) : 조선 정조 때의 학자, 문인. 호는 연암(燕巖). 실학파(實學派)의 영수. 문체가 독특하고 혁신적이었다. 저서로 〈연암집(燕巖集)〉. 한문 소설로 〈허생전(許生傳)〉, 〈호질(虎叱)〉 등.

어려만 지네.

忽然添得數莖鬚, 全不可長六尺軀.
鏡裏容顔隨歲異, 稚心猶目去年吾.[2]

──〈大東詩選〉(漢詩, p.350)

설날이 아니어도 우리는 아침마다 거울을 본다. 나도 수염
발이 희끗거린다. 그런데 희끗거리는 수염이야 면도로 밀면
그만이지만 희끗거리는 머리는 숨길 수가 없다. 내 친구 중
에는 염색하는 사람이 많다. 그러나 내 아내는 지금의 내 머
리가 제일 보기 좋다고 한다. 염색 같은 것 하지 말라는 뜻이
다. 내가 젊게 보이면 혹 누가 탐낼까 봐 그러는 건가?

자, 허튼소리 그만두고 이 시의 주제로 돌아가 보자. 늙은
이도 설날이 되면 어려진다는 것이다. 꼭 나를 두고 한 말 같
다. 나이는 들었어도 철이 안 들어 그런지, 나는 설이 가까워
오면 공연히 마음이 들뜬다. 손꼽아 설날을 기다리던 어린
시절의 나 그대로다.

나는 우선 아내와 함께 시장 보는 일이 즐겁다. 조기 한 마
리 사는 데도 기쁨이 따른다. 작은설날의 우리 집은 잔칫집
이다. 나는 며느리가 둘, 제수씨가 둘, 조카며느리가 둘이다.
지짐질도 쉽고 떡을 써는 것도 쉽다. 간간이 터지는 웃음 소
리도 듣기 좋다. 나는 술 한잔을 들며 밤을 친다. 두 아우와
조카들은 내일 아침에 온다.

---

2) 稚心 : 어려지는 마음. 동심이라는 뜻을 함축.

설 며칠 전 은행엘 다녀오는 것도 기쁜 일이다. 빳빳한 새 지폐, 세뱃돈이다. 절 한 번 받고 돈 한 장 쥐어주면, 옛날 어른들께 세배 드리고 곶감 한 개 받아먹던 어린 시절의 나로 돌아간다. 손꼽아 설날을 기다리던 그 어린 시절.

설이 되면 고향을 찾아가는 사람들로 온 나라가 떠들썩하다. 인구의 대이동이다. 그들도 다 마음이 어려져서 그렇게 찾아갈 것이다. 귀찮고 힘든 것만 아는 어른들은 가기 어려운 길이다. (- 2001)

# 새벽에 일어나기
## 早發坡州

 

사람이 새벽에 일어나기 싫은 것은 예나 지금이나 다 같은 모양이다. 특별히 부지런한 별종 몇을 빼고는 모두가 그렇지 않은가 싶다. 내 아내는 곧 새벽 미사엘 가야 하는데 아무래도 지각할 것만 같다. 옛날 이덕무(李德懋)[1]와 함께 새벽에 파주(坡州)를 떠나야 했던(〈早發坡州〉) 그 아이놈도 그랬던 모양이다. 한번 보자.

 

푸르슴 새벽 달빛 잠든 제비집,
마굿간엔 여물 먹는
말의 숨소리.

 

졸음겨운 아이놈 중얼거리길
"임진강엔 닿아야

---

1) 李德懋(1741~1793) : 조선 정조 때의 학자. 호는 아정(雅亭), 청장관(靑莊館). 문장이 뛰어났다. 저서로 〈청장관전서(靑莊館全書)〉.

해가 뜨겠지.”


斜月來窺燕子巢,[2] 虛牎秣馬聽蕭蕭.
僕夫睡罷朦朧語,[3] 也到臨津紅日高.

——〈四家詩抄〉(古典詩, p.252)


　자, 경기도 파주의 어느 여관집으로 가 보자. 푸르슴한 새
벽 달이 잠든 제비집을 들여다보는 이른 새벽이다. 마굿간에
선 길 떠날 말의 여물 먹는 소리가 들려 온다. 지금 선비 하
나가 길을 떠나려고 한다. 말 몰고 갈 아이놈의 졸음겨운 말
소리가 들린다.
　“임진강엔 닿아야 해가 뜨겠지.”
　아직 해가 뜨려면 멀었는데 왜 이렇게 일찍 깨우느냐는 불
평의 완곡한 표현이다. 말 타고 가는 사람이 말 몰고 걷는 사
람의 고달픔을 아느냐는 생각도 했는지 모른다. 이렇게 쓰다
보니 옛날 남구만(南九萬)[4] 영감이 새벽에 호통치는 소리가
또 들려 오는 듯하다.
　“동창이 밝았느냐, 노고지리 우지진다. 소 치는 아이들은
상기 아니 일었느냐. 재너머 사래 긴 밭을 언제 갈려 하느
니.”[5]

---

2) 燕子巢 : 제비집.

3) 僕夫 : 사내종. 번역시에서는 아이놈이라고 했다.

4) 南九萬(1629~1711) : 조선 숙종 때의 문신. 호는 약천(藥泉). 문장과
　글씨, 그림에 두루 뛰어났다.

5) 김천택(金天澤) : 〈청구영언(靑丘永言)〉.

소 치는 아이들은 이 소리를 듣고 새벽잠을 깼을 것이다. 어제도 뼈마디 쑤시게 일을 했는데 좀 더 자게 내버려 두지. 담뱃대 물고 감농이나 하는 영감이 이 사정을 아느냐는 생각도 했는지 모른다.

선비의 아이놈이나 영감네 아이들이나 다 고달픈 인생이다. 그러나 새벽잠 더 자자고 할 일을 안 하면 어찌 되겠는가? 그러면 하늘이 그대들한테서 일을 거두어 갈지 모른다. IMF 한파로 일자리를 잃었던 그 많은 사람들, 그 삶이 어떠했던가? 힘들더라도 우리에게 주어진 새벽 일을 마다 하지 말자. 선비도 영감도 일어나기 좋아서 새벽에 일어난 것은 아닐 것이다. (- 2001)

# 어린 목동의 꿈
## 牧童

우리 집 셋째아이가 초등학교에 다닐 때, 자기는 특파원
(特派員) 되는 것이 꿈이라고 했다. 이 아이는 그 후 다른 길
을 택했지만, 그때 이 아이가 그런 꿈을 가진 것을 나는 기특
하게 생각했다. 박제가(朴齊家)[1]의 〈목동(牧童)〉을 보면 꿈
을 가지고 사는 한 어린 아이가 보이는데, 나는 이 아이도 퍽
기특한 생각이 든다.

> 양 치고 나무하는 열 살 난 놈이
> 들에서 살긴 해도 꿈이 있다네.
>
> 실 풀어 구름 속의 기러기 잡고
> 맨손으로 물속의 잉어 찍는 꿈.

---

1) 朴齊家(1750~1815) : 조선 정조 때의 학자. 호는 초정(楚亭). 시문에
   뛰어났으나 서얼 신분으로 중용되지 못했다. 저서로 〈북학의(北學議)〉.

雨牧風樵十歲初,[2] 村童長在野中居.
生絲解捕雲中雁, 赤手還摠浦裏魚.

—— 〈四家詩草〉(古典詩, p.256)

　　열 살쯤 된 어린 목동이 하나 있다. 비 오는 들에서 짐승 치고 바람 부는 산에서 나무를 한다. 어린 나이로는 힘든 삶이다. 남들 다 다니는 서당에도 가지 못하고 늘 들에서 산다. 소외된 삶이다. 그러나 녀석의 가슴 속엔 꿈이 있다. 실 풀어 구름 속의 기러기 잡는 꿈, 맨손으로 물속의 잉어 찍는 꿈, 요컨대 신비로운 힘을 가진 장사가 되는 꿈이다. 이런 꿈이 있음으로써 녀석은 그 비바람 부는 힘든 삶을 견뎌 낼 수 있었을 것이다.

　　우리 집 셋째아이는(본인의 생각은 어떤지 모르지만) 이 시의 목동처럼 힘들거나 소외된 삶은 아니었다. 그러나 이 아이는 특파원의 꿈을 가짐으로써 하루하루의 생활이 생동감으로 넘쳤다. 신문사란 어떤 곳인가 부지런히 알아보고, 특파원이 되려면 무슨 공부를 해야 하는가 진지하게 묻고, 밤 늦게까지 책상 앞에 앉아 기사를 썼다. 만일 이 아이에게 그런 꿈이 없었다면, 학교에서 돌아와 숙제나 대강 마치고 골목 아이들이랑 장난이나 치다가 저녁 한술 떠먹고는 쿨쿨 잠이나 잤을 것이다. 거기 무슨 생동감이 있겠는가?

　　그러나 이것은 이 시의 목동이나 우리 집 셋째아이 같은 어린 녀석들에게만 한하는 이야기가 아니다. 내 친구 하나는

---

2) 雨牧風樵 : 빗속에 짐승 치고 바람 속에 나무한다. 어려운 삶.

몸이 허약해서 항상 우울한 얼굴이었다. 사는 게 귀찮다는 말도 했다. 그런데 어쩌다 시조(時調)에 취미를 붙이더니 직접 쓰기 시작했다. 말은 안 하지만 시조 작가가 되겠다는 뜻이 분명했다. 이미 환갑을 넘긴 나이였다. 나는 그에게 내가 가진 시조집 몇 권을 준 일이 있다. 그는 지금 열심히 쓰고 있다. 언제 보아도 명랑한 얼굴이다.

꿈은 힘든 삶을 견뎌 내게 하는 힘이다. 평범한 삶에 생동감을 불어넣는 힘이다. 꿈없이 젊은 나이를 허송하지 말라. 늙었다고 꿈을 포기해서도 안 된다. 환상이라도 좋으니 꿈을 가져라. (- 2001)

# 비 갠 여름날의 저녁때
## 新晴

우리 집 뜰에 여름 해가 기운다. 아침부터 내리던 비가 개
고 푸른 하늘이 드러났다. 뒷산에서 구구 우는 산비둘기 소
리가 들려 온다. 옛날 서영수각(徐令壽閣)[1]은 이 새롭게 갠
(〈新晴〉) 여름날의 오후를 다음과 같이 읊은 일이 있다.

비 개자 산비둘기 구구거리고,
시냇물은 가까이서
돌돌거리고.

들도 숲도 푸르기 물빛 같은데,
서산 위엔 저녁놀
활활거리고.

---

1) 徐令壽閣(1753~1823) : 조선 영조 때의 시인.  영수합(令壽閣)이라고
　도 한다.  자녀들을 출중하게 길렀다.  저서로 〈영수합고(令壽閣稿)〉.

村鳩處處喚新晴,<sup>2)</sup> 雨後淸溪入戶鳴.
野色林容碧如水, 落霞猶自暮山橫.

── 〈令壽閣稿〉 (漢詩, p.436)

　어느 산마을의 여름날 비 갠 저녁때다. 산비둘기들이 구구 운다. 비가 개서 좋단다. 비가 와 물이 불은 시냇물이 돌돌거린다. 소리가 그지없이 맑다. 들도 산도 물빛처럼 푸르다. 산뜻한 빛이다. 서산에 저녁놀이 붉다. 불타듯 활활거린다. 한 폭의 깨끗한 그림이다. 이 그림 속에는 소리도 있다.

　한 소년이 있었다. 소년의 옛 마을 야트막한 안산은 숲이 좋았다. 그 숲에선 이 시에서처럼 산비둘기가 구구 울었다. 뻐꾸기도 울고, 꾀꼬리, 산까치도 울었다. 소년은 동무애들과 나무를 하며 그 소리를 들었다. 그 소리를 듣노라면 산이 온통 살아 있는 것 같았다.

　그 안산 밑으로는 작은 시냇물이 돌돌거리며 흘렀다. 비가 오지 않아도 늘 물이 많은 그 시냇물은 언제나 차고 맑았다. 소년은 길가에 나뭇짐을 받쳐 놓고 그 물엘 들어가곤 했다. 한 움큼 움켜 마시고 낯 한번 푸푸 씻고 나면 살 것 같았다.

　저녁때가 되면 소년은 안산 언덕에 매어 둔 소를 몰고 돌아왔다. 돌아오다 무심히 뒤돌아본 안산 위 저녁 하늘에는 붉은 노을이 활활거리고 있었다. 마을은 채 가시지 않은 저녁 연기가 보였다. 머잖아 노을이 가시면 푸른 별 두어 개가 안산 위에 똑 똑 떴다.

---

2) 喚新晴 : (산비둘기들이) 비가 산뜻하게 갰다고 외친다.

　자, 서영수각의 시로 다시 돌아가 보자. 이 시에서 무슨 메
시지를 찾으려 한다면 그는 곧 실망하게 될 것이다. 그러나
한 폭의 소리 있는 그림을 생각한다면 우리들 한국인의 아름
다운 옛 마을의 모습을 이해하게 될 것이다.

　구구거리는 산비둘기, 돌돌거리는 시냇물, 활활거리는 저
녁놀, 다 그립게 떠오른다. 그러나 호구(糊口)에 바빠 고향
한 번 못 가 보는 늙은 소년은 그저 이런 시나 읽으면서 향수
를 달랜다. (－2001)

# 밀회(密會)
## 曉起觀漲

밀회(密會)라는 것이 있다. 비밀스런 만남, 가슴은 설레지만 시간이 짧아 안타깝고 누가 볼까 봐 두려운 것이 바로 이 밀회다. 이서구(李書九)[1]의 시 한 수 읽어 보자. 제목은 새벽에 일어나 물이 분 것을 본다(〈曉起觀漲〉)는 것이지만 내용은 밀회를 읊은 것이다.

> 강 언덕 나무들에 찬비 오는데,
> 어느 곳 사공인지
> 배를 매더군.
>
> 밤 들자 배 안에
> 도란대는 말소리.

---

1) 李書九(1854~1825) : 조선 정조 때의 문신. 학자. 호는 척재(惕齋), 강산(薑山). 시문에 뛰어났다. 저서로 〈강산집(薑山集)〉 등.

강 어덕 나무들에 날이 세는데,
어느 곳 배인지
가고 없더군.


篙子宿寒雨,[2] 夜聞篷底語.
朝來兩岸樹,  不見停舟處.

——〈大東詩選〉(漢詩, p.358)


　　찬비가 내린다. 강에도 언덕에도, 그 언덕의 나무들에도 찬비가 내리고 있다. 작은 배 하나가 그 언덕에 와 닿는다. 이윽고 사공이 나와 나무에 배를 맨다. 밤이 되었다. 배 안에서 도란도란 말소리가 들린다. 누가 왔을까? 이 마을의 어느 여인일 것이다. 사공은 이 여인을 만나러 찬비 속을 멀리 왔고, 여인은 이 사공을 만나러 찬비 속을 몰래 왔을 것이다.
　　내일은 남의 눈에 뜨이기 전에 새벽 일찍 헤어져야 하는데, 그들은 그 짧은 밤을 어떻게 보냈을까? 너무 보고 싶었다고 사공이 먼저 말했을 것이다. 애를 태우며 기다렸다고 여인이 이어 말했을 것이다. 그리고 차츰 열기가 달아올랐을 것이다. 밖에는 찬비가 계속 내리지만 그들의 열기는 마침내 무서운 불길로 치솟았을 것이다.
　　드디어 새벽이다. 여인이 사공의 가슴에 얼굴을 묻는다.
　　"우리 언제 만나요?"
　　사공이 여인의 어깨를 안고 말한다. 귓속말이어서 그것은

---

2) 篙子 : 뱃사공.

여인밖에 모른다. 여인이 고개를 끄덕인다. 안타까운 안도감
이다. 안타까운 안도감….

　자, 우리는 여기서 좀 너그러워지기로 하자. 너그러워지자
는 것은 그들이 로맨스냐 불륜이냐, 이런 것 따지지 말자는
뜻이다. 찬비 속을 멀리 찾아온 사공, 찬비 속을 몰래 찾아온
여인의 그 안타깝고 남 두려워하는 밀회를 이해해 주자는 뜻
이다. 그리고 이제 여기서 밀회는 그만 끝내고 담 밑에 호박
도 심고 여보 당신 부르며 한번 오붓하게 살도록 함께 빌어
주자는 뜻이다. (-2001).

# 시집살이

## 雅調

우리는 큰애네와 함께 사는데, 이 아이들에게는 사내 녀석이 둘 있다. 큰놈은 초등학교 2학년, 작은놈은 유치원엘 다닌다. 아내의 친구들은 이런 우리를 이상하게 생각한다고 한다. 왜 서로 불편하게 함께 사느냐는 것이다. 아내가 말했다.

"난 불편한 것 하나도 없는데 왜들 그러는지 모르겠어. 며느리야 혹 시집살이 한다고 생각할지 모르지만…."

나는 아내의 말을 들으면서 옛날 이옥(李鈺)[1]의 〈아조(雅調)〉[2]한 수가 떠올랐다. 시집살이란 말 때문에 그랬을 것이다. 시집살이….

한밤에 일어나 머리 빗고선
새벽에 시어른께 문안 드리네.

---

1) 李鈺(1760~1812) : 조선 정조 때의 문인. 호는 문무자(文無子). 시문에 뛰어났다. 저서로 〈문무자문초(文無子文鈔)〉.

2) 訝調 : 풍류스런 곡조. 모두 17수 중 예기 보인 것은 제5수.

언제든 신랑하고 친정엘 가면
밥도 굶고 한낮까지 실컷 자리라.

四更起梳頭, 五更候公姥.[3]
誓將歸家後, 不食眠日午.

——〈大東詩選〉. (漢詩, p.354)

고추보다 맵다던 옛날의 그 시집살이, 새벽에 시부모님께 문안을 드리려면 한밤중에 일어나 머리를 빗어야 한다. 신혼의 그 꿀 같은 이불 속, 종일 시달리다 겨우 자리에 들었는데 벌써 일어날 시각이다. 밥은 못 먹어도 잠이나 실컷 자 보았으면 했을 것이다. 신랑 앞세우고 친정이나 갔으면….

내 며느리는 한밤중에 일어나 머리 빗지 않아도 된다. 보는 대로 안녕히 주무셨어요, 이 한 마디면 그만이다. 그러나 아침 일찍 일어나 밥 지어 먹이고 설거지하고 청소하고 빨래하고, 시어머니도 애써 거들지만 종일 바쁘다. 저희끼리 살면 대충 끓여먹어도 될 것을 시부모가 있으니 그럴 수가 없다. 피곤할 때는 낮잠도 한잠 자고 싶겠지만 그것도 어려운 일이다. 더러는 친정엘 가서 며칠 쉬고도 싶을 것이다. 그러나 시어머니에게 남편 자식들 맡기고 어딜 가서 쉬겠는가? 나는 우리 내외가 며느리한테 시집살이 시킨다고는 생각지 않는다. 그러나 우리가 어떻든 그애는 시집살이를 하고 있는 것이다. 아내도 그런 사정을 아는지 화장품을 사도 꼭 두 벌

---

3) 公姥 : 公은 남자 어른, 姥는 여자 어른, 즉 시부모.

을 산다.

우리 집은 두 꼬마 녀석 때문에 퍽 시끄럽다. 무슨 총 쏘는 소리를 내며 컴퓨터를 두드리거나 퉁탕거리며 마루를 뛰어 다니거나 통 정신이 없다. 그러나 밤이면 절간 같은 집에 우 두커니 앉아 있던 때를 생각하면 시끄러운 게 얼마나 좋은지 모른다. 시부모 모시고 함께 살려는 며느리가 얼마나 있을까 만, 힘들어도 늘 웃는 낯이니 이것도 좋은 일이다. 내가 너무 이기적인가? (− 2001)

# 수박은 심지 마라

### 長髥農歌

"호박꽃도 꽃이냐?"

내가 젊어서 일등병 노릇을 할 때 고참 병장 한 사람이 여군 상병에게 이따금 짓궂게 한 말이다. 그녀는 타이피스트였는데 얼굴은 좀 그렇지만 심성이 너그러워 이런 농담에 별로 개의치 않았다.

나는 시골에서 생장한 탓인지 호박이 좋아서 해마다 봄이 되면 서너 포기씩 담에 올린다. 오늘 아침에 나가 봤더니 노란 호박꽃에 벌이 잉잉거리고 팔뚝만한 호박이 네댓 개나 달려 있었다. 문득 그녀가 떠올랐다. 그런데 또 뜻밖에 시 한 수가 생각났다.

울밑에 심은 호박
쑥쑥 자란다.

평생에 수박만은

심지 말아라.

사나운 아전(衙典) 놈들 와
시비 걸고 따 간다


新吐南瓜兩葉肥,[1] 夜來抽蔓絡柴扉.
平生不種西瓜子, 剛怕官奴惹是非.[2]

      —— 〈與猶堂全書〉 (漢詩, p.360)


 정약용(丁若鏞)[3]의 〈장기농가(長鬐農歌)〉 중 한 수다. 장기는 경상북도 소재의 한 농촌, 내가 왜 이 시가 생각났는지는 잘 알 수 없다. 혹시 시 속에 호박이라는 말이 들어 있어서 그랬을까?

 옛날, 호박은 담밑에 심었는데 가꾸는 일이 별로 힘들지 않았다. 그저 썩은 똥이나 두어 바가지 퍼다 주면 되었다. 그러니 값도 나가지 않았다. 호박 농사는 본래 저 먹으려고 짓는 것이었다. 수박은 밭에다 심었는데 가꾸는 일이 여간 힘들지 않았다. 밭이 마르지 않도록 물도 대야 하고 누가 따 갈까 망도 보아야 했다. 그러니 값이 제법 나갔다. 수박 농사는 돈이 되었다. 그러니 힘은 들지만 돈 궁한 농촌에서 이런 귀한 농사가 어디 그리 흔했겠는가? 그런데 이 시는 이 귀한

---

1) 南瓜 : 호박. 수박은 서과(西瓜)라고 한다.
2) 剛怕官奴 : 사나운 아전놈들. 官奴는 본래 관청에 딸린 종놈들.
3) 丁若鏞(1762~1836) : 조선 정조 때의 문신, 학자. 호는 다산(茶山). 조선 후기의 실학을 집대성했다. 저서로 〈여유당전서(與猶堂全書)〉.

농사를 짓지 말라고 한다. 사나운 아전놈들이 와서 시비 걸고 따 간다는 것이다. 그때 그 아전놈들이 얼마나 사나웠으면 이런 시가 나왔을까? 에라, 이 못된 놈들.

"호박꽃도 꽃이냐?"

이런 말 들어도 그저 피씩 웃고 말던 우리 상병 아가씨, 지금 살아 있으면 일흔 가까이 되었을 것이다. 그 동안 어떻게 살아 왔을까? 돈 몇 푼 벌어 보려고 수박 농사 짓다가 사나운 아전놈들한테 당하진 않았을까? (- 2001)

# 군자(君子)의 세상
## 春日山居

"아니, 쬐끄만 놈들까지 이러니, 이걸 어떡해야 합니까?"

내 후배 강 부장의 말이다. 하루는 전철을 탔는데, 노약자석에 중학생 세 녀석이 앉아 떠들고 있었다. 그때 보따리를 든 할머니 한 분이 다가왔다. 세 녀석은 본 체도 않고 여전히 떠들어 댔다. 강 부장이 녀석들을 보고 일어나라고 했다. 녀석들은 팩 하고 일어서서 문쪽으로 갔다. 자리가 비어서 강 부장도 할머니 곁에 앉았다.

그런데 다음 정거장에 차가 설 때였다. 한 녀석이 왹 하고 달려오더니 강 부장의 머리에 주먹을 날리고는 다른 두 녀석과 함께 문 밖으로 달아났다. 강 부장은 운동깨나 한 사람이라 얼른 피하여 맞진 않았으나 기가 막히더라고 했다. 곁에서 듣고 있던 내 친구가 자기도 비슷한 경험이 있다며 혼자 중얼거리듯 말했다.

"사람들 붐비는 이 서울에 무슨 놈인들 없겠나?"

사람들 붐비는 이 서울이라, 나는 이 말을 들으면서 신위

(申緯)[1]가 봄날 산에 살며 지은 시 (〈春日山居〉) 한 수를 생
각했다. 함께 읽어 보자.

사람들 붐비는 곳 인심 사나워.
산골은 안 그래, 모두 착하지.

띳지붕에 사립문, 저 서너 집,
개 닭 한 마리도 모두 군자야.

縣市人心惡, 山村物性良.
茅柴三四屋, 鷄犬盡義皇.

—— 〈大東詩選〉 (漢詩, p.364)

선비 한 사람이 산골에 들어가 살았던 모양이다. 사람 붐
비는 도시의 그 나쁜 인심이 싫어서 그랬을 것이다. 그가 찾
아간 마을은 집도 몇 채 되지 않았다. 모두가 가난했다. 그러
나 다들 착했다. 그들이 기르는 개나 닭 같은 짐승들도 마치
군자 같았다.

도시는 어떤가? 중학생 녀석이 노약자석에 태연히 앉아
떠들고, 일어나라는 어른의 머리에 주먹을 날리는 그 못된
광경을 다시 한 번 상기해 보라. 그뿐이 아니다. 멀쩡하게 생
긴 젊은 여자가 자기 아이에게 좀 조용히 하라고 했다 해서

---

1) 申緯(1769~1847) : 조선 정조 때의 문신, 시인. 호는 자하(紫霞), 경
   수당(警修堂). 시문과 글씨에 뛰어났다. 저서로 〈경수당전고(警修堂全
   藁)〉, 〈신자하시집(申紫霞詩集)〉.

아빗뻘 되는 노인에게 왜 상관이냐며 바락바락 대들기도 한다. 나는 자동차를 몰다 접촉 사고를 낸 노인이 아들 같은 젊은이에게 삿대질당하는 것을 보았다.

내가 자라던 우리 시골, 청년들이 말다툼을 하다가도 저만치 노인네의 기침 소리가 들리면 입을 다물었다. 빈 지게로 돌아오는 청년이 짐 진 노인을 보면 한사코 지게를 바꾸어졌다. 군자가 따로 없었다.

일전에 고향에 사는 친구가 서울엘 와서 술 한잔을 같이한 일이 있다. 무슨 말 끝에 위에 적은 이야기를 했더니 그가 퍽도 한심스럽다는 듯이 말했다.

"이 사람 뭘 모르는군. 지금 시골이 어디 있나?"

딱한 세상, 이미 군자의 세상은 거(去)했나 보다. (- 2001)

# 달 밤
## 和夫子吟詩

　　남편을 지극히 사랑하는 한 여인 있었다. 그녀는 탁월한
시인이었다. 김삼의당(金三宜堂)[1] 바로 그녀다. 어느날 밤
그녀는 시 한 수를 지었다. 남편이 읊은 시에 화답(〈和夫子
吟詩〉)[2] 한 것이다.

　　꽃송이 송이마다
　　흰 달빛 흐르는 밤,

　　꽃빛 달빛 어울리 듯
　　그대 앞에 앉노니,

　　세사(世事)에 시끌던 마음

---

1) 金三宜堂(1769~?) : 조선 정조 때의 시인. 삼의당은 그녀의 호. 시에
　　뛰어나고 남편에 대한 사랑이 지극했다. 저서로 〈삼의당고(三宜堂稿)〉.
2) 夫子 : 남편.

고요히도 비어라.

滿天明月滿園花, 花影相添月影加.
如月如花人對坐, 世間榮辱屬誰家.

──〈三宜堂稿〉(漢詩, p.398)

꽃 많이 핀 어느 집 뜰의 달밤이다. 꽃송이 송이마다 흰 달
빛이 꿈처럼 흐른다. 아름답다. 이 아름다운 그림 속에 작은
술상 하나 그려 넣으면 어떨까? 남편과 아내가 그 술상을 가
운데 두고 마주앉는다. 준수한 남편, 아리따운 아내, 꽃빛 달
빛 어울려 하나이듯 두 마음도 이미 하나다. 세사에 시끌던
마음이 고요히도 빈다.

이 시를 읽으면 그들 부부가 한없이 부럽다. 샘도 난다. 우
리 집에도 작으나마 뜰이 있고 거기 철 따라 꽃도 피고 달도
뜬다. 그러나 세사에 매여 마음 시끌다 보니 자기 집 뜰에 꽃
이 피는지 달이 뜨는지도 모르고 산다. 그러니 무슨 술상을
가운데 두고 우리 내외가 마주앉겠는가? 마주앉기는 고사하
고 함께 서 보지도 못한다.

이렇게 쓰고 보니 문득 지난날의 연애 시절이 생각난다.
나는 그때의 우리 둘의 모습을 다음과 같이 적은 일이 있다.


우리는 매주 주말에 만났다. 봄비 아련한 강둑에 연두빛
잔디가 고왔다. 키 큰 상수리나무 숲은 푸른 잎새마다 햇빛
이 눈부셨다. 시나브로 낙엽지는 호젓한 산사(山寺), 산에
들에 쌓인 흰 눈 위에 환한 달빛 부서지는 들길, 내가 나직이

노래를 부르면 아내도 조용히 따라 불렀다. 즐거운 곳에서는
날 오라 하여도….[3]

　그리고 우리는 곧 결혼을 하고 네 아이를 낳아 길렀다. 아
름다운 시절은 순식간에 사라지고 그 자리에 힘든 삶이 이어
졌다. 어느덧 막내도 따로 나가 제 처자와 함께 산다. 아내의
머리가 하얗다. 우리 집 뜰에 꽃 피고 달 뜨면 한번 마주앉아
봐야겠다. 그러나 걱정 많은 사람, 시끌던 마음이 쉬 빌 것
같지가 않다. (- 2000)

---

3) 졸문 : 〈아내론(論)〉.

# 한 송이 그 매화
## 孤憤

　　김운초(金雲楚)[1]를 생각하면 가슴이 찐해 온다. 그녀는 탁
월한 시인이었다. 노래와 춤도 뛰어났다. 그러나 성천(成川)
고을의 한 기녀였다. 나는 그것이 좀 슬프다. 그녀는 뒤에 남
의 소실(小室)이 되었다. 나는 그것이 또 좀 슬프다. 비범(非
凡)한 여인에게는 평범(平凡)한 행복이 주어지지 않는 것인
가? 그녀의 시 중에는 내 마음을 찐하게 하는 것이 많다. 그
녀의 〈고분(孤憤)〉도 그렇다.

　　가느단 가지 끝에 매화 한 송이,
　　끊임없는 비바람에
　　외로이 떠네.

---

1) 金雲楚 : 조선 정조 때의 기녀, 시인. 기명은 부용(芙蓉). 운초는 그녀
　　의 호. 시문과 가무에 뛰어났다. 저서로 〈운초당시고(雲楚堂詩稿)〉. 이
　　책과 거의 같은 내용의 시집으로 〈부용집(芙蓉集)〉이 있다.

힘겨워 땅에 져도 감도는 향기,

부랑(浮浪)한 버들꽃과

견주지 말라.


寒梅孤着可憐枝,[2] 殢雨顚風困委垂.[3]

縱令落地香猶在,　勝似楊花蕩浪姿.

──〈雲楚堂詩稿〉(漢詩, p.406)


고분은 외로운 무덤이라는 뜻이다. 그러니까 김운초로 보면 남의 무덤이나 혹 아는 사람의 무덤일까? 그건 알 수 없다. 그러나 이 시는 자신의 삶과 죽음을 읊은 것이라는 생각이 자꾸 든다. 왜 그럴까?

우선 가느단 가지 끝에 홀로 달린 매화 한 송이를 그려보자. 끊임없는 비바람에 외로이 떤다. 떨다 떨다 마침내 힘겨워 땅에 지는 매화 한 송이, 그러나 거기선 향기가 난다. 그윽한 향기다. 부랑한 버들꽃에선 맡을 수 없는 그런 향기다.

이번에는 한 여인을 상상해 보자. 젊고 아리따웠다. 매화 같은 품위도 있었다. 그러나 그녀의 인생에 비바람이 쳤다. 삶이 고달팠다. 마침내 더 견디지 못하고 어느 낯선 언덕에 외로이 묻혔다. 하지만 그 죽음에선 향기가 났다. 고달팠지만 고결한 삶이었기 때문이다.

김운초는 비바람에 떠는 외로운 매화 한 송이처럼 그 삶이

---

2) 寒梅 : 본래는 겨울에 피는 매화라는 뜻인데 여기서는 쓸쓸한 매화.

3) 殢雨顚風 : 사람을 피곤하게 만드는 비와 괴롭히는 바람.

고달팠을 것이다. 기녀 노릇이 쉬운 일인가? 남의 소실살이
도 고달픈 삶이다. 그러나 이 시를 읽어 보면, 그런 중에도
죽어서 향기 나는 고결한 삶을 살려 한 그녀의 뜻을 헤아릴
수 있다. 이 시가 그녀 자신의 삶과 죽음을 읊은 것이라고 생
각한 까닭이 여기 있다.

　죽어서 향기 나는 삶을 산 사람은 많을 것이다. 지금의 내
삶은 어떨까? 죽어서 향기 나는 삶일까, 악취 나는 삶일까?
그것은 본인이 제일 잘 알 것이다. 악취만은 면해야겠는
데…. (－2001)

# 매화가 없는 세월

## 次唐人梅花


　옛 시집을 들추다 보면 매화를 읊은 시가 더러 눈에 뜨인
다. 나는 그 시들을 좋아한다. 그 중에서도 특히 홍원주(洪原
周)[1]의 시가 좋다. 이 시는 당(唐)나라 어느 시인의 매화시
(梅花詩)에 차운(次韻)한 것이다(〈次唐人梅花〉). 옮겨 보면
다음과 같다.


　이 겨울에 너 홀로
　봄을 맞았니?


　성긴 가지 끝엔 달빛 푸른데
　건듯 바람 일면 향기 좋아라.


　옥 같은 네 모습,

---

1) 洪原周 : 조선 정조 때의 여류 시인. 호는 유한당(幽閒堂). 생몰 연대
　는 미상. 시에 뛰어났다. 저서로 〈유한당시집(幽閒堂詩集)〉.

눈 속에 핀 꽃.


獨擅春光早,　疎枝帶月斜.
隨風暗香動,[2] 玉樹雪中花.

──〈幽閒堂詩集〉(漢詩, p.516)

이 겨울에 너 홀로 봄을 맞았니? 뭇 꽃들이 죽은 듯이 잠든 한겨울에 매화는 홀로 피어 봄을 예언한다. 그것은 선구자의 모습이다. 그는 예민한 감각과 냉철한 이성으로 눈 속에 봄을 본다. 그러므로 우리는 그의 예언을 믿고 곧 봄이 오리라는 희망을 품는다.

성긴 가지 끝엔 달빛 푸른데. 매화 몇 송이 벙근 가지 끝에 달빛이 푸르다. 달빛 푸른 뜰을 혼자 거니는 젊은 선비가 보인다. 달을 우러른다. 선비는 글 읽는 것이 일이지만, 그러나 글밖에 모른다면 얼마나 답답한 인생인가? 젊은 선비가 멋을 안다. 멋이 있다.

건듯 바람 일면 향기 좋아라. 암향(暗香)이라는 말이 있다. 매화 향기를 이를 때 흔히 이 말을 쓴다. 우리는 이런 향기를 고매한 인격에서 맡는다. 그것은 잠시 톡 쏘는 향기로 사람을 유혹하는 속류(俗流)와 유(類)를 달리한다. 그런 인격에는 사람이 모여든다.

옥 같은 네 모습, 눈 속에 핀 꽃. 매화는 선구자다. 멋을 아는 선비요 고매한 인격이다. 그리고 한 가지 덕이 더 있다.

───────────────────

2) 暗香 : 그윽하게(톡 쏘지 않고) 풍기는 향기.

아무리 추위도 뜻을 바꾸지 않는 옥 같은 지조다. 옥은 차라리 부서질지언정 빛을 변치 않는다. 그래서 옥인 것이다.

그런데 저게 무슨 소린가? 험구군(險口君)이 퍼붓는다.

"야, 이 멍청아. 지금 이런 매화가 어디 있냐? 예언? 꼼수로 속이고 억지로 덮에 씌우는 소리가 네 귀엔 예언으로 들리더냐? 허, 멋 아는 선비라, 긁고 긁어도 양이 안 차는 세상에 달이나 쳐다볼 놈도 있다더냐? 고매 아니라 고매 할애비가 있어도 힘없으면 개미새끼 한 마리 안 꼬여. 지조도 돈 한 푼 안 되고." (- 2001)

# 가을 매미
### 聽秋蟬


"맴 맴 매앰…."

가을에 웬 매미일까? 내가 잘못 들었나? 아니, 가을에도 매미는 운다. 그래서 가을 매미라 하지 않는가? 옛날 강정일당(姜靜一堂)[1]은 가을 매미 소리를 들으며 시 한 수를 남겼다(〈聽秋蟬〉). 옮겨 보면 다음과 같다.


어느덧 숲마다
가을빛인데,

석양에 어지러운 매미 소리들,
제철이 다하는 게 슬퍼서인가.

---

1) 姜靜一堂(1772∼1832) : 조선 순조 때의 시인. 정일당은 그녀의 호. 시문과 글씨, 그림에 두루 뛰어났다. 저서로 〈정일당유고(靜一堂遺稿)〉.

쓸쓸한 숲속을
혼자 걸었네.

萬木迎秋氣,　蟬聲亂夕陽.
沈吟感物性,[2] 林下獨彷徨.

    ——〈靜一堂遺稿〉(漢詩, p.386)


　나는 지난 8월에 정년으로 학교를 물러났다. 65세가 되면
당연히 물러나야 하는 것이지만 물러난다 생각하니 적잖이
섭섭했다. 인지상정(人之常情)인가? 괜히 내가 철 지난 가을
매미 같았다. 그때 문득 떠오른 것이 강정일당의 이 시다. 나
는 일찍이 이 시를 읽고 다음과 같은 감상을 적은 일이 있다.

　한 아리땁던 젊은 여인, 그러나 그녀에게도 인생의 가을
은 찾아왔다. 어느 가을날 숲엘 가 보았다. 고운 단풍잎, 흩
나는 낙엽, 그 속에 매미 소리가 어지러웠다. 매미의 제철
은 여름이다. 매미 같은 미물도 제철이 다하는 게 슬픈 줄
을 아는가?
　여인은 숲속을 혼자 걸었다. 쓸쓸했다. 그때 그녀는 무엇
을 생각했을까? 지난날의 그 싱그러웠던 젊은 시절을 회상했
을까? 머지않아 매미 사라지듯 사라져야 할 앞날을 그려보았
을까? 그러나 어쨌든 그녀의 모습은 쓸쓸하게 떠오른다.[3]

---

2) 物性 : 사물의 성질. 매미 같은 미물도 슬픔을 아는 것과 같은 것.
3) 졸저 :〈한시를 읽는 즐거움〉.

  나는 퇴임 이후에도 한 주일에 이틀씩 학교에 나가 강의랍
시고 떠들어 댄다. 그러다 보면 이 시의 여인처럼 쓸쓸할 때
가 있다. 왜일까? 제철이 지났다는 생각 때문일까? 위에 인
용한 감상문은 다음과 같은 말로 끝난다.

  자, 좀 너그럽게 생각하자. 누구의 인생이든 가을은 온다.
그리고 어느 철이든 살 만하다고 생각하자.(중략) 이제는 슬
픔에서 벗어나 이 가을을 아름답고 멋지게 살아 보자.

  남에게는 이처럼 의연하게 말한 내가 이제 쓸쓸함을 느끼
는 것은 좀 우습다. 속찬 사람이라면 다가올 겨울을 편안하
게 맞기 위해서라도 이 가을을 쓸쓸함이나 느끼면서 보내지
는 않을 것이다. (- 2000)

# 뭍길, 물길
## 次永明詠寒韻

자기가 하는 일을 사랑하고 그 일에 최선을 다하는 사람이 많다. 이런 사람을 보면 믿음이 간다. 그러나 자기가 하는 일을 힘들다고 불평을 하며 다른 일을 부러워하는 사람도 많다. 나도 한때는 그랬다. 이런 사람에게는 믿음이 안 간다. 옛날 홍석주(洪奭周)[1]가 〈차영명영한운(次永明詠寒韻)〉[2]을 쓴 것은 혹 믿음이 안 가는 이런 사람들을 경계하고자 함은 아니었을까?

강바람 세차서 갓은 날리고,
탄 말은 허기져서 울도 못하네.

사공은 돛대에 물결 좀 치면,

---

1) 洪奭周(1774~1842) : 조선 정조 때의 문신. 호는 연천(淵泉). 성리학에 밝고 문장에 뛰어났다. 저서로 〈연천집(淵泉集)〉.
2) 次永明詠寒韻 : 영명이 추위를 읊은 시의 운을 빌어. 永明은 미상.

뭍길 가는 나를 보고 부럽다 하네.


江風打笠捲長纓, 征馬飢寒不敢鳴.[3]
多小危檣掀白浪, 還應羨我岸邊行.

──〈大東詩選〉(漢詩, p.362)


한 나그네가 말을 타고 강변 길을 간다. 강바람이 세차서 갓이 날린다. 타고 가는 말은 허기가 져서 울도 못한다. 한 걸음 떼어 놓기도 힘이 든다. 험한 강변 길, 사람도 말도 기진맥진이다. 금방 쓰러질 듯하다. 언제 이 긴 뭍길을 벗어날까? 아득하기만 하다.

한 뱃사공이 배를 몰고 바다를 건넌다. 갑자기 풍랑이 인다. 돛대가 마구 기웃거린다. 겁이 덜컥 난다. 순간 강변 길을 가는 나그네가 보였다. 뱃사공은 나그네가 부러웠다. 얼마나 안전한 길인가? 그는 물론 강바람이 어떤지 말이 어떤지는 알지 못했다.

사람의 눈은 어떻게 된 것일까? 내가 가는 뭍길은 힘들고 남이 가는 뭍길은 편해 보인다. 옛 시조 한 수 읽어 보자.


풍파(風波)에 놀란 사공 배 팔아 말을 사니,
구절양장(九折羊腸)이 물도곤 어려워라.
이 후란 배도 말도 말고 밭갈기나 하리라.

──장 만(張晩)

---

3)征馬 : 나그네가 타고 가는 말.

구절양장은 양의 창자처럼 꼬불꼬불한 길이다. 가파른 이런 길에 빙판이라도 지면 풍파보다도 위험할 것이다. 그래서 이것저것 다 그만두고 농사나 짓겠다는 것이다. 그럼 농사는 쉬운가? 농부도 사공이나 마부 못지않게 힘든다.

나는 평생을 교사로 살아 왔다. 중학교에서도 가르치고 고등학교, 대학에서도 가르쳤다. 힘들 때가 많았다. 교사가 된 것을 후회하고 다른 길을 넘보기도 했다. 그러나 차차 가르치고 연구하는 일에 보람을 느끼고, 그 받은 바 봉급으로 내 가족들의 생계를 잇는 것을 고맙게 생각하게 되었다. 다행스러운 일이다. (- 2001)

# 참 좋은 마을
## 松京道中

오늘 1학년 학생들의 〈문학과 교양〉 시간에 한시 한 수를 적어 주었다. 무슨 까닭이 있어서가 아니고 그냥 문득 생각 나서 적어 준 것이다. 시는 김정희(金正喜)[1]의 〈송경도중(松京道中)〉[2]이다.

산 아름다운 곳 작은 서당에
아이들 글 외는 소리 냇물 흐르듯.

비 오는 들에는 바쁜 일손들,
마을은 어느 새 인삼꽃 향기.

---

1) 金正喜(1786~1856) : 조선 헌종 때의 문신, 서예가, 문인, 학자. 호는 추사(秋史). 완당(阮堂) 특히 서예에 뛰어났는데, 여러 명필을 연구하여 자신의 독특한 서체(추사체)를 완성했다. 저서로 〈완당집(阮堂集)〉.
2) 松京道中 : 송경 가는 길에. 송경은 지금의 개성.

山山紫翠幾書堂, 籬落句連碧澗長.
野笠卷風林雨散, 人蔘花發一村香.

—— 〈大東詩選〉(漢詩, p.368)

한 선비가 산길을 간다. 산 아름다운 곳에 작은 서당이 하나 있다. 선비가 그 서당 사립 앞에 잠시 걸음을 멈춘다. 울타리 밖으로 새어나오는 아이들의 글 외는 소리가 너무 듣기 좋아서다. 냇물 흐르듯 흐르는 그 소리.

"허허, 그놈들 참…."

선비의 얼굴에 미소가 흐른다. 처음 지나는 낯선 마을의 얼굴도 모르는 아이들이지만 기특하기가 이를 데 없다. "자왈(子曰) 위선자(爲善者)는 천보지이복(天報之以福)하고…." 암, 그렇고 말고. 부지런히들 배워라. 글도 배우고 사람 사는 도리도 배우고.

선비가 천천히 걸음을 옮긴다. 비가 듣는다. 나무 아래 비를 그으며 들을 본다. 논을 매나 보다. 삿갓 쓴 농부들의 일손이 바쁘다. 비 맞는 것쯤 대수로울 게 없다. 노랫가락도 들려 올 듯하다.

"허허, 부지런들도 하시네그려."

선비의 얼굴에 또 미소가 흐른다. 처음 지나는 낯선 마을의 이름도 모르는 농부들이지만 미덥기가 이를 데 없다. "이 농사 지어 내어(중략) 앙사부모(仰事父母) 아니 하며 하육처자(下育妻子) 아니 하랴…." 암, 그렇고 말고요. 섬기고 기르고 서로 돕는 것이 사람 사는 근본입니다.

비가 갠다. 들에서 일하는 농부들은 여전히 바쁘다. 보기 좋다. 그러나 여기 더 머무르다가는 날 늦는다. 선비가 일어선다. 순간 어디서 은은한 향기가 바람에 풍겨 온다.

"허허, 인삼꽃 향기군."

선비의 얼굴에 세 번째로 미소가 흐른다. 처음 지나는 낯선 마을의 누구네 밭에서 나는지도 모르는 향기지만 은은하기가 이를 데 없다. "인삼화발(人蔘花發)하니, 일촌향(一村香)이라." 암, 그렇고 말고요. 인삼 농사 잘 지으시오. 근력 부치시는 노인네들 달여도 드리고, 팔아서 돈도 쓰고. 그 향기처럼 은은하게 인심도 베풀고.

참 좋은 마을이다. (- 2001)

# 원님과 거사비(去思碑)
## 題路傍去思碑

옛날 내가 자라던 마을 면사무소 뜰에 낡은 비석이 서넛 나란히 서 있었다. 이제 생각하니 그것이 거사비(去思碑)다. 거사비란 일이 지난 뒤에 그 사람(가령 원님 같은)을 사모하는 뜻으로 세우는 비를 말한다. 나는 오늘 우연히 이상적(李尙迪)[1]의 〈제노방거사비(題路傍去思碑)〉를 다시 읽으면서 그 비석들을 떠올렸다.

떠나는 원님이 어진 분이라
백성들이 돈을 바쳐 비를 세우네.

허허,
없는 돈 내라 내라

---

1) 李尙迪(1804~1865) : 조선 현종 때의 평민 시인. 역관(譯官). 호는 우선(藕船). 시에 뛰어나 중국에 문명을 떨쳤다. 저서로 〈은송당집(恩誦堂集)〉. 현종이 그의 시를 애송했다 한다.

누가 시켜 저러나.

길가의 비석들은 말이 없는데,
새로 오는 저 원님도 어진 분인가.

去思橫斂刻碑錢,[2] 編戶流亡孰使然.[3]
片石無言當路立, 新官何似舊官賢.

—〈大東詩選〉(漢詩, p.374)


엣날 내가 자라던 마을 면사무소 뜰에 서 있던 그 비석들
의 주인공들은 어떤 분이었을까? 양반 고을 내 고향에 이 시
의 원님 같은 못된 목민관(牧民官)이 있었을 리 없다. 나는
이 시를 처음 읽었을 때 그 주인공들 중 한 분을 다음과 같이
상상한 일이 있다.

그분은 참으로 백성을 위하여 헌신했다. 그러다 임기를 마
치고 떠나게 되었다. 백성들이 그의 거사비를 세우려고 한푼
두푼 돈을 모았다. 원님이 그걸 알았다. 그분은 그 거둔 돈을
모두 주인들에게 돌려주라 했다. 그리고 빈 수레로 그 고을
을 떠났다.

그 후 오랜 세월이 지났다. 이제는 백발이 성성해진 그 옛
원님이 어느 날 우연히 그 고을을 지나게 되었다. 그런데 이

---

2) 刻碑錢 : 비석을 새기는 데 드는 돈.
3) 編戶 : 호적에 편입된 가구(家口)나 사람. 여기서는 백성.

게 어찌된 일인가? 그가 다니던 길가에 자기의 덕을 칭송하는 큰 비석이 하나 서 있었던 것이다. 원님은 놀라면서 스스로 부끄러웠다.[4]


헐벗은 백성들 쥐어짜서 비석이나 세운다고 없는 덕이 생겨나겠는가? 선정(善政)을 베풀면 비석은 절로 생긴다. 길가만이 아니라 백성들의 마음 속에도 세워진다. 바보도 다 아는 사실이다.

일전에 한 원로 정치인이 자기 묘비(墓碑)에는 이름과 생몰 연월일만 새기라고 했다 한다. 얼마든지 찬란한 문장을 동원할 수 있는데 왜 그랬을까? 거짓 기록이 싫어서였을까? 다행이다. (- 2001)

---

4) 졸저 : 〈한시를 읽는 즐거움〉.

# 돈아 돈아, 깊이 있거라
## 艱飮野店

"죽장에 삿갓 쓰고 방랑 삼천리…."

내 친구 중에 김삿갓(金笠)[1]을 좋아하는 사람이 하나 있는데, 한잔 얼큰하면 꼭 이 노래를 부른다. 노래가 끝나면 또

"스무나무 아래(二十樹下) 서러운 나그네(三十客), 망할 놈의 동네에서(四十村中) 쉰 밥을 얻어먹네(五十食)."

하고 껄껄댄다. 나는 그가 왜 김삿갓을 좋아하는지 알지 못한다. 하루는 그가 김삿갓의 시 중 재미 있는 것 있으면 한 수 적어 달라고 했다. 그래 적어 준 것이 〈간음야점(艱飮野店)〉[2]이다. 그는 지난즈에 브라질로 떠났다. 돈 벌면 돌아오겠다고 했다.

---

1) 김삿갓(金笠, 1807~1863) : 조선 현종 때의 방랑 시인. 본명은 병연(炳淵). 호는 난고(蘭皐). 저서로는 이응수(李應洙)가 모아 엮은 〈김입시집(金笠詩集)〉.

2) 艱飮野店 : 들에 있는 주막에서 어렵게 술 한잔 마시는 일.

나그네 천릿길에 지팡이 하나,
그래도 남은 돈이
일곱 푼일세.

돈아 돈아, 주머니 속 깊이 있거라.
석양에 주막집을
어찌 지내니.


千里行裝付一柯, 餘錢七葉尙云多.[3]
囊中戒爾深深在, 野店斜陽見酒何.[4]

──〈金笠詩集〉(古典詩, p.260)


　김삿갓이 길을 간다. 행장이라고는 지팡이 하나뿐이다. 퍽
도 가난한 나그네다. 가다가 어느 산길 가 바위에 앉아 고달
픈 다리를 쉰다. 문득 주머니 속이 궁금해진다. 그래 그 궁금
한 주머니를 털어 본다.
　"아직 일곱 푼이나 남아 있군."
　나그네의 얼굴에 미소가 돈다. 이만 하면 한잔 할 수 있다.
기특한 일곱 푼, 민족스럽다. 나그네는 그 일곱 푼을 주머니
에 도로 넣는다.
　"주머니 속 깊이 있거라."
　나그네는 주머니 한 번 툭 쳐 보고 천천히 일어선다. 이제

---

3) 尙云多 : 아직 많다. 云은 별 의미 없는 조사.
4) 見酒何 : 술을 보고 어찌하는가? 돈 없으면 마실 수 없지 않은가?

는 석양에 주막집엘 들러도 걱정이 없다.

위에 적은 이야기는 내가 브라질로 날아간 그 친구에게 시를 적어 주면서 해설이랍시고 들려 준 것이다. 지금 그 친구 어느 허술한 여관 방에 고달픈 다리를 쉬고 있을까? 쉰 밥이나마 제때에 먹기는 할까? 돈이라고 해 봐야 몇 푼 안 되는 얄팍한 주머니, 안주 없는 생맥주 한 잔도 들기 어려울 것이다. 김삿갓은 지팡이 하나에 엽전 일곱 푼이면 족하지만 그게 아무나 가능한 일인가?

오늘 이 글을 쓰자니, 돈 벌면 돌아오겠다던 그 친구의 껄껄대는 모습이 공연히 측은하게 붓끝에 어린다. 가까이 있으면 불러내서 삼겹살에 소즈 한잔 할 것을. 그래, 어서 돈 많이 벌어 오너라. (- 2001)

# 서울에 처음 와서

## 始遊京城

　"내가 짐승으로 태어나지 않고 사람으로 태어난 것, 야만
의 땅에 태어나지 않고 문명한 우리 나라에 태어난 것은 다
행스러운 일이다. 그러나 남자로 태어나지 못하고 여자로 태
어난 것, 부귀한 집에 태어나지 못하고 한미한 집에 태어난
것은 불행한 일이다."[1]

　이렇게 개탄한 여류 시인이 있다. 그녀는 또, 집안에 틀어
박혀 술 담그고 밥 짓는 일이나 논의해야 하는 여인들의 신
세를 슬퍼하기도 했다. 여권주의(女權主義)의 선구자 김금
원(金錦園)[2], 그리하여 그녀는 모든 속박을 훌훌 벗어 던지
고 강산을 주유했다. 나는 그런 그녀의 시 〈시유경성(始遊京
城)〉을 즐겨 읽는다.

---

1) 김금원(金錦園) : 〈호동서락기(湖東西洛記)〉.

2) 金錦園(1817~?) : 조선 순조 때의 여류 시인. 이름은 미상이나 금원은
　　그의 호인 듯. 저서로 기행 산문집 〈湖東西洛記〉.

봄비에 봄바람 쉬임 없더니,
물 소리 좋으네,
봄놀이 가세.

타향이라 탓할 것 그 뭐 있는가.
어디든 닿는 곳이
고향 땅이지.


春雨春風未暫閑, 居然春事水聲聞.[3]
擧目何論非我土, 萍遊到處是鄕關.[4]

—— 〈湖東西洛記〉. (漢詩, p.392)


　강산을 주유하던 김금원은 어느 날 처음으로 서울 정릉(貞陵)에 닿았다. 이 시는 그 때 쓴 것이다. 그래서 시의 제목이 〈시유경성(始遊京城, 서울에 처음 와서)〉이다. 지금은 정릉이 버스 소음으로 시끄럽지만 옛날에는 물 소리가 퍽도 좋았던 모양이다.

　자, 시 속으로 한번 들어가 보자. 한 여인이 처음으로 서울엘 갔다. 봄비 오고 바람도 쉬지 않았다. 교외로 나가 보았다. 그 동안 내린 비에 냇물 소리가 컸다. 여인은 그 물 소리가 좋았다. 그래 그 좋은 물 소리 들으며 한 마디 했다.

---

3) 居然春事 : 마음 편한 봄의 일. 봄의 일은 봄놀이 정도로 이해할 일.
4) 萍遊 : 부평초가 떠돌아. 떠도는 부평초는.

타향이라 탓할 것 그 뭐 있는가.
어디든 닿는 곳이
고향 땅이지.

   한시에는 고향을 그리워하는 시가 많다. 그런데 이 시는
닿는 곳이 다 고향이라고 한다.(지역 감정을 부추겨 표를 얻으
려는 사람들은 이 말의 뜻을 모를 것이다.) 어찌 보면 퍽 낙천적
이다. 그러나 떠도는 여인의 시라는 것을 생각하면 그 낙천
속에 쓸쓸함이 느껴진다. 낙천적 고독, 이런 말이 있었으면
싶다. 어디든 닿는 곳을 사랑하며 떠도는 한 여인이 그립게
떠 오른다. (- 2001)

# 까치 소리
### 述懷

　우리 집 뜰에 제법 큰 감나무가 한 그루 서 있다. 두어 길
은 족히 넘는다. 이 감나무에 이따금 까치가 날아와 운다. 까
치 소리를 들으면 반갑다. 그래 기분이 좋다. 어느 날 나는
그 까치 소리를 들으며 박죽서(朴竹西)[1]의 〈술회(述懷)〉[2]를
떠올린 일이 있다.

　생각지 않으려고 마음 다져 먹어도 날마다 밤마다 님
　생각뿐이에요. 떨어져 사는 이의 이 아린 가슴을, 보셔
　요 당신은 아시겠나요.

　까치 울면 반길 님 오신다는 말,
　아녀요, 아니여요.

---

1) 朴竹西 : 조선 철종 때의 여류 시인. 호는 반아당(半啞堂). 시에 뛰어났
　으나 시풍이 너무 감상적이다. 저서로 〈죽서시집(竹西詩集)〉.
2) 述懷 : 속마음을 말함.

헛말이어요.

不欲憶君自憶君, 問君何事每相分.
莫言靈鵲能傳言, 幾度虛驚到夕曛.

──〈竹西詩集〉(漢詩, p.432)

먼 곳에 님을 둔 한 여인을 상상해 보자.

아린 가슴으로 님을 생각했다. 왜 우리는 늘 이렇게 떨어져서 살아야 하나? 너무도 가슴이 아파 잊어 보려고도 했다. 그러나 허사였다. 그럴수록 그리운 님의 모습은 더 또렷하게 더 가까이 다가섰다.

까치가 울면 반길 님이 온다고 했다. 기쁜 소식이 있다고도 했다. 까치가 울었다. 님이 오시는가? 여인은 가슴이 뛰었다. 그러나 허사였다. 님은 오지 않았다. 여인은 어느덧 까치를 믿지 않게 되었다. 그러나 마음 한 구석에선 까치가 와 울기를 바랐을 것이다.

이번엔 우리 주위를 한번 살펴보자.

아들을 군대에 보낸 늙은 어머니가 하나 있다. 먼 전방 어느 험한 산중일 것이다. 밥은 제때에 먹는지 잠은 제대로 자는지, 이 비바람 저 눈보라는 어떻게 견디는지, 날마다 밤마다 걱정이다. 그런 때 까치 한 마리 날아와 울어 준다면 늙은 어머니는 얼마나 반가울까?

입사 시험에 합격을 해 놓고 발령 통지를 기다리는 청년이 하나 있다. 그런데 아무리 기다려도 가타부타 말이 없다. IMF한파다, 구조 조정이다 해서 있는 사람도 쫓아내는 세월

아닌가? 어찌 될는지 걱정이 태산 같다. 이 집에도 까치 한 마리 날아와 울어 준다면 청년은 얼마나 반가울까?

이젠 내 이야기 좀 하자.

나는 먼 곳에 떨어져 사는 님이 없다. 우리 아이들은 다 군에 다녀왔고, 나는 또 무슨 발령 통지를 기다릴 일도 없다. 그러니까 까치가 와도 그만 안 와도 그만이지만 그래도 와 울었으면 싶다.

문득, 내가 까치가 되었으면 하는 생각이 든다. 내가 까치가 되어 모든 기다리는 사람들에게 가 울어 준다면 잠시나마 그들에게 기쁨을 선사할 수 있지 않겠는가? (-1998)

# 울력하는 날
## 田家雜興

요 몇 년 전에 서울 직장을 그만두고 시골에 내려가 농사를 짓는 친구가 하나 있다. 아버지가 연로해서 하는 수 없이 내려간 것이다. 어제 그 친구가 서울엘 와서 몇 사람이 점심을 함께 했는데, 그가 하는 말이 농사 못 짓겠다고 했다.

"다른 마을은 모르지만 우리 마을에선 우선 놉을 얻을 수가 없어. 남의 일 힘든다고 안 해. 사정사정하면 셈부터 따져. 나는 나, 너는 너, 싫으면 그만두라는 거야. 품앗이 같은 것도 없어. 비료값, 약값, 품삯, 이것저것 다 떼고 나면 골병만 들지 무에 남아? 아버지 생전은 어쩔 수 없지 않느냐 해서 그냥 참고 있는 거야."

나는 그의 말을 들으면서 이정직(李定稷)[1]의 〈전가잡흥(田家雜興)〉[2]을 생각했다. 이 시는 가을 농촌의 울력하는 모습

---

1) 李定稷(1841~1910) : 조선 고종 때의 학자. 호는 석정(石亭). 시문과 글씨, 그림에 두루 뛰어났다. 저서로 〈석정집(石亭集)〉.
2) 田家雜興 : 농가의 이런저런 흥(~을 읊은 즉흥시). 田家는 농가.

을 읊은 것이다. 미덥고 아름다운 모습이다.

지게마다 누런 볏단 한 짐씩 지고
웃으며 돌아오는 마을 장정들.

주인네 마당 가에 부리고 나면
시원한 막걸리에 웃음꽃 피고.

十束黃禾背上高, 聯行度陌不辭勞.
卸來知有還生力, 一口連傾大白醪.
──〈大東詩選〉(漢詩, p.380)

옛날의 농촌에서는 타작을 자기 집 마당에서 했다. 그러니 벼를 베면 그 볏단을 집으로 져 나르지 않으면 안 되었다. 일손 모자라는 집에선 이것이 여간 큰 일이 아니었다. 그 일을 마을 청년들이 도왔다. 저녁을 먹은 뒤, 모두 지게를 지고 들로 나가 그 집의 볏단을 져 나르는 것이다. 이것을 울력이라고 한다. 여럿이 함께 하는 일종의 자원 봉사다. 온 종일 일에 시달린 청년들이지만 그까짓것 한짐 두짐 더 진다고 큰일 날 것도 없다. 노랫가락 흥얼거리며 한두 짐씩 져 나르다 보면 어느 새 논은 비고 마당은 볏단이 그득해지는 것이다.

그러면 그 집에서도 가만히 있을 수가 없다. 국수를 삶는다, 밥을 비빈다, 홍시를 내놓는다, 부산하다. 그러나 무엇보다도 빠질 수 없는 것은 막걸리다. 집에 담근 게 없으면 마을 어귀에 있는 주막에서 받아 온다. 한 대접 벌컥벌컥 들이키고 바라본 안산 위에는 초아흐레 반달이 푸르슴했다.

　지금도 인정으로 사는 사람들은 많을 것이다. 그러나 더 많게는 돈으로 사는 사람들일 것이다. 그러니 품앗이도 잘 안 하는 세상에 울력 같은 것이 있을 리 없다. 더구나 콤바인이 지나가면서 탈곡까지 다 해 주는데 무엇하러 볏단을 져 나르겠는가? 또 설령 울력할 일이 있다 하더라도 국수나 막걸리 가지고는 어림도 없을 것이다. 일은 곧 돈 아닌가? 경제적 안목도 높아지고 기계화도 되었지만, 지금의 농촌이 옛날보다 더 행복해졌는지는 잘 모르겠다. (- 2001)

# 보릿고개 이야기
## 夏夕

보리밥 잘 하는 집이 있다고 해서 따라갔다. 나물에다 고
추장 퍼붓고 막 비벼 먹는 것인데 맛이 희한했다. 일행 중 한
사람은 보리밥이 싫다면서 쌀밥 주는 순두부를 시켰다. 일제
말년에 하도 먹어 지겹다는 것이다. 웬만한 농촌에선 보리밥
한 끼 배부르게 못 먹었는데 아마 부자였던가 보다. 나는 보
리밥을 비벼 먹으면서 이기(李沂)[1]의 〈하석(夏夕)〉[2] 을 생각
했다. 보릿고개를 읊은 것이다.

여름도 밤이 되면 썰렁하지 뭐.
게다가 창틈으론 들바람 불고.


아랫집도 먹을 게 떨어졌나 봐.

---

1) 李沂(1848~1909) : 조선 고종 때의 애국자. 호는 해학(海鶴). 민중 계
   몽과 항일 운동에 진력했다. 저서로 〈해학유서(海鶴遺書)〉.
2) 夏夕 : 여름 저녁. 보리가 겨우 익는 초여름(보릿고개)을 생각할 일.

풋바심 절구 소리 밤새 급한걸.

夏夕亦時凉, 窓間野風入.
田家無宿粮, 杵臼夜來急.

——〈大東詩選〉(漢詩, p.378)

옛날 시골의 여름밤을 한번 상상해 보자. 때로는 썰렁할 때가 있다. 게다가 창틈으로는 들바람까지 새어든다. 무더운 여름밤에 들바람이 새어들면 시원할 텐데 왜 썰렁하다는 걸까? 허기가 져서 그런 것이다. 묵은 양식은 다 떨어지고 보리는 아직 거둘 때가 안 되고, 그래서 변변히 먹은 게 없는 것이다. 문득 아랫집에서 절구질 소리가 들려 온다. 보리 몇 단 베어다가 풋바심을 하는 모양이다. 허기진 여름밤, 잠이 오질 않는다.

도시로 나가면 혹 살 길이 있을까 하고 고향을 떠나는 사람도 있었다. 초근목피(草根木皮)로 연명하는 사람은 부지기수였다. 더러는 풀뿌리를 잘못 먹어 탈이 나기도 했다. 보리밥을 지겹게 먹었다는 것은 참으로 드문 예에 속한다. 정말이지 배가 고팠다. 해마다 이런 배고픈 고개를 넘기면서 참 모질게도 살아 왔다.

얼마 전에 어느 대중음식점엘 간 일이 있다. 앞 손님들이 먹고 간 자리를 치우는 동안 나는 그 식탁을 보았다. 이제 내가 무슨 말을 하려는지 여러분은 잘 알 것이다. 불판에는 시커멓게 탄 고기 조각들이 남아 있었다. 상추도 쑥갓도 여기저기 널려 있었다. 어떤 밥그릇은 하얀 밥이 반이나 남아 있었다. 그것은 모두 버릴 것들이었다.

　지금은 다 잘 산다고 한다. 그러나 아직도 못 먹는 사람은 많다. 어느 교회의 목사님은 하루에 수백 명의 굶는 노인들에게 점심을 지어 대접한다고 한다. 세상에 배고픈 설움보다 더한 것이 있는가? 한쪽에서는 이러는데 또 한쪽에서는 음식을 마구 버린다. 먹다 남아서 버리는 음식, 쉬어서 버리는 음식, 맛없다고 버리는 음식, 이렇게 버리다가는 죄 받지 하는 생각이 들 때가 있다. (- 2001)

# 제비는 날아드는데
## 春夕卽景

　　조선 고종 때의 일이다. 지체 높은 의금부도사(義禁府都事)에게 아리따운 따님이 하나 있었다. 드디어 열다섯의 꽃다운 나이로 그녀는 역시 지체 높은 예조판서(禮曹判書) 댁의 준수한 아드님에게 시집을 갔다. 아름다운 한 쌍, 그러나 두 해 뒤에 그녀의 낭군은 세상을 버렸다. 열녀는 따라 죽는 법이지만 시아버님의 간곡한 만류로 그러질 못했다. 그 후 그녀는 정성껏 시부모님을 모시고, 시아버님의 삼년상을 마친 뒤 스스로 낭군의 뒤를 따랐다.[1]

　　여류 시인, 바로 김청한당(金淸閒堂)[2]이다. 그녀의 〈춘석즉경(春夕卽景)〉을 읽으면 콧날이 시큰할 때가 있다.

---

1) 허미자(許米子)：〈조선조 여류시문전집(朝鮮朝女流詩文全集)〉.

2) 金淸閒堂(1853~1890)：조선 고종 때의 여류 시인. 본명은 미상, 청한당은 그녀의 호. 정절이 높고 효성이 지극했다. 저서로 〈청한당산고(淸閒堂散稿)〉.

먼 들에 뉘엿뉘엿 해는 지는데
에워싼 산 산엔
푸른 산빛들.

제비는 제 집 찾아 날아드는데,
마을은 사립마다
저녁 연기 속.

日落春原上, 四山嵐氣碧.[3]
玄鳥尋棲入,[4] 柴門烟火夕.

——〈靑閒堂散稿〉(古典詩, p.270)


춘석즉경(春夕卽景), 봄날 저녁때의 경치를 즉흥으로 읊었다는 뜻이다. 아닌게아니라 이 시는 어느 산골 저녁때의 풍경을 그림처럼 그려 내고 있다. 먼 들에 해 지는 모습, 에워싼 산들의 푸른 산빛(푸른 이내), 사립마다 피어오르는 저녁 연기, 정말이지 그림 아닌 것이 없다. 그러나 찬찬히 다시 읽어 보면 이 아름다운 그림 속에 울먹임이 들려 온다. 제비는 제 집 찾아 날아드는데 내 낭군은 지금 어느 하늘을 날고 있을까? 그녀가 이 시를 지은 것은 봄날 저녁때의 경치가 아름다워서가 아니다.

열다섯에 시집 가서 두 해 뒤면 열일곱이다. 지금은 스물

---

3) 嵐氣 : 산속의 아지랭이 또는 기운. 이내.
4) 玄鳥 : 검은 새, 즉 제비.

몇 살이나 되어야 시집 가는 세월이니 스물일곱이라고 해 두자. 아니, 서른일곱 마흔일곱도 좋다. 어떻게 낭군이 죽었다고 따라 죽으려 했는가? 젊으나 젊은 나이에 혼자 된 몸으로 시부모를 정성껏 모신다는 것도 어려운 일이다. 저녁 연기 뿌얀 때면 제비는 제 집 찾아 날아드는데, 그 제비 바라보는 그녀의 심경은 어떠했을까? 시아버님 삼년상을 치른 뒤에 그녀는 자결했다. 믿기 어려운 일이다.

지금 우리 사는 세상을 한번 돌아보자. 삼사십대 다섯 쌍에 한 쌍이 이혼이란다. 다 너 아니면 죽는다고 발버둥치던 사람들이다. 나는 김청한당처럼 사는 인생이 제일이라고는 믿지 않는다. 그러나 지금 우리 사는 세상을 돌아보면 고결하게 느껴지기도 한다. (- 2001)

# 가을산의 좋은 빛

## 牧童

우리 집에 초등학교 2학년짜리 꼬마 한 녀석이 있다. 이녀석은 학교에서 영어를 배우는데 혹 비가 오는 날이면 "이츠 레이니 투데이" 한다. 이녀석은 또 학교에서 돌아오면 컴퓨터 앞에 붙어앉아 무슨 전쟁 같은 것을 한참씩 한다. 내 어린 시절하고는 전혀 다른 모습이다. 하기는 이미 두 세대가 지났다. 언젠가 나는 이녀석이 잠자는 모습을 들여다보면서 유동양(柳東陽)[1]의 〈목동(牧童)〉을 떠올린 일이 있다. 무엇을 생각하면서 그랬을까?

맨종아리 저녀석 쇠등에다
가을 산의 좋은 빛 가득 싣고서,

흐트러진 머리로

---

1) 柳東陽 : 자(字)는 무백(茂伯). 기타는 미상.

"이랴, 쯧쯧쯧."

노래하며 돌아오네,
푸른 달빛 속.


驅牛赤脚童,<sup>2)</sup> 滿載秋山色.
叱叱搔逢頭,<sup>3)</sup> 長歌歸月夕.

——〈大東詩選〉(漢詩, p.338)

옛날의 어느 산골, 소를 모는 꼬마 한 녀석을 상상해 보자.
어느덧 썰렁한 가을인데 베잠방이가 딸름하다. 댕기도 풀어
져 머리가 흐트러진다. 녀석은 이따금 쯧쯧쯧, 제법 어른스
럽게 소도 나무란다. 녀석이 몰고 오는 쇠등에는 가을 산빛
이 하나 가득 실려 있다. 녀석은 흥얼흥얼 노래를 부르며 푸
른 달빛 속에 돌아온다.
　깨끗한 정경이다. 티끌 하나 날지 않는다. 시끄러운 소리
하나 들리지 않는다. 역한 냄새 하나 나지 않는다. 이런 속
에서 자라는 녀석들은 속이는 것이 무언지 싸우는 것이 무
언지 빼앗는 것이 무언지 알지 못했다. 어느덧 녀석들의 작
은 머리 속에는 가을 산빛 같은 깨끗한 정신 세계가 자리잡
히고 있었다.
　나는 우리 집 초등학교 2학년 녀석의 머리 속에도 가을 산

---

2) 赤脚童 : (베잠방이가 딸름해서) 종아리가 다 드러난 아이.
3) 叱叱 : 소 꾸짖는 소리. 쯧쯧쯧.

빛 같은 깨끗한 정신 세계가 자리잡히기를 바라면서 이 시를 생각했었다. 그러면 녀석은 제가 배은 영어를 정연한 논리와 아름다운 정서를 표현하는 데 쓸 것이다. 적어도 남을 속이는 데는 쓰지 않을 것이다. 녀석은 또 제가 익힌 컴퓨터를 문제 해결의 유용한 방법을 고안해 내고 많은 사람들의 행복을 증진하는 데 쓸 것이다. 적어도 남의 것을 빼앗는 데는 쓰지 않을 것이다.

그러나 지금 우리 주위에는 깨끗한 가을 산빛이 없으니 이 녀석의 머리 속에 무슨 정신 세계가 자리잡히고 있는지 알 수 없다. 괜찮지 싶으면서도 불안할 때가 있다. (− 2001)

# 정월 대보름날
## 上元佳節

 

설도 지났으니 머잖아 대보름이다. 대보름은 설이나 추석
다음 가는 큰 명절이다. 아직 눈도 안 녹은 추운 날씨지만,
옛날에는 사람들의 마음이 훈훈했다. 즐거웠다. 그런데 지금
은 좀 그렇지가 못한 듯하다. 자, 대보름을 읊은 시 한 수 읽
어 보자. 난서(蘭西)[1]의 〈상원가절(上元佳節)〉, 대보름 좋은
명절이라는 뜻이다.

> 이른 봄 남은 눈
> 큰 가람 밝은 달,
>
> 예부터 번화한
> 이 고을 대보름,

---

1) 蘭西 : 미상.

스치며 눈웃음치는
처녀 총각 아이들.


春寒雪未殘, 明月大江寬.
千年繁華地, 士女共得歡.

──〈韓國女流詩選〉(漢詩, p.418)


자, 옛날 우리가 자라던 마을로 한번 가 보자. 대보름이다.
나는 그날 아침에 일찍 일어났다. 내 동생들도 다투어 깨
었다. 담 밑에는 흰 눈이 아직 그냥 쌓여 있었다. 어머니는
작은 바가지에 밤과 호두, 땅콩 같은 것을 담아 주셨다. 부럼
을 깨물면 부스럼이 나지 않는다고 했다. 더러는 우리끼리
더위도 팔았는데 어머니는 못 팔게 하셨다. 저 안 덥자고 남
덥게 해서야 되겠느냐는 말씀이셨다. 밥은 오곡밥, 나물도
다섯 가지, 아버지는 귀밝이술을 드시다가 그 잔을 우리 입
에 조금씩 대 주셨다.

저녁을 먹고 나면 나는 이웃 또래들과 어울려 들로 나갔
다. 낡은 고무신짝을 가는 막대에 철사로 동여매어 불을 붙
이면 고뭇물이 뚝뚝뚝 떨어졌다. 이윽고 밤실양반네 밭머리
에 달불이 솟았다. 어느덧 논둑도 밭둑도 가릴 것 없이 불꽃
밭이 되었다.

그 무렵 앞집 분이 누나는 동산에 올라 있었을 것이다. 달
을 우러러 두 손을 모으고 빌고 있었을 것이다. 올해는 꼭 시

---

2) 士女 : 남자와 여자. 번역시에서는 처녀 총각 아이들이라 했다.

집가게 해 주소서. 돌쇠 성(형의 충청도 사투리)은 이만치 떨어져서 마음을 조이고 서 있었을 것이다. 분이가 내 마음을 알까? 빌고 내려오는 분이 누나와 돌쇠 성이 마주치면 두 가슴이 두근거렸을 것이다.

자, 이번에는 이 시 속으로 들어가 보자.

마을의 남녀들이 다 쏟아져나와 다리를 밟는다. 만수는 다리를 밟으며 순이를 찾는다. 순이도 만수를 찾는 눈치다. 아, 저기 있구나. 응, 나 여기 있어. 다른 사람 눈치 못 채게 눈웃음치는 두 가슴이 벅차다.

지금은 어떨까? 부럼부터 귀밝이술까지 다 있지만, 달 보고 빌거나 다리나 밟으며 눈웃음짓는 순진한 사람은 없는 듯하다. (– 2001)

# 핑 계
## 待郎君

    무슨 일이 있을 때, 그것은 자기 탓이 아니라며 다른 핑계를 대는 사람이 많다. 이것이 보통 사람들의 한 특성이 아닌가 한다. 그런데 그런 핑계들 중에는 조금도 얄밉지 않은 것이 더러 있다. 가령 능운(凌雲)[1] 의 시 〈대낭군(待郎君)〉[2] 과 같은 것이다.

> 달이 뜨면 오마고 약속하신 님,
> 달이 떠도 어인 일로
> 오시질 않네.
>
> 아녀요, 아니어요, 님 계신 곳은
> 산이 높아 저 달도

---

1) 凌雲 : 기녀. 기타는 미상.
2) 待郎君 : 낭군을 기다리며.

더디 뜬대요.

郎云月出來, 月出郎不來.
想應君在處, 山高月上遲.

── 〈大東詩選〉 (漢詩, p.426)

지금 한 여인이 낭군을 기다린다.

옛날에야 무슨 시계가 있는가? 아무 날 달이 뜰 때 오마고
했다. 그런데 그 약속한 오늘 밤 달이 저렇게 환히 떴는데도
낭군은 오질 않는다. 무슨 피치 못할 일이 생겼을까? 이런저
런 생각 끝에 떠오르는 참 하기 싫은 또 하나의 생각, 혹시
내가 싫어진 것은 아닐까? 아니야, 이 무슨 불길한 생각. 여
인은 고개를 저으며 마음 속으로 핑계를 댄다. 내가 싫어져
서가 아니라 님 계신 곳은

"산이 높아서야. 그래서 달이 더디 떠서야."

라는 그 핑계, 나는 이런 핑계를 대는 여인이 조금도 얄밉지
가 않다. 여러분의 생각은 어떤가? 얄밉기는 고사하고 오히
려 귀여운 데가 있다. 어쩌면 동정심까지 일으킬 사람도 있
을지 모른다.

자, 이번에는 좀 가증스러운 핑계들을 찾아보자.

내가 대학에 떨어진 것은 우리 어머니가 과외 한번 제대로
시켜 주지 않았기 때문이다. 내가 그 회사 입사 시험을 포기
한 것은 그 회사가 능력보다 배경을 중시하기 때문이다. 나
도 내 수준에 맞는 남자가 있으면 시집을 갈 것이다. 그때 처
가에서 조금만 더 밀어 주었더라면 내 사업이 이렇게 망하진

않았을 것이다.

좀더 계속해 보자. 이번 선거에서 우리 후보가 패배한 것은 고학력 유권자의 참여율이 낮았기 때문이다. 우리 여야 두 정당은 물론 협조해야 할 것은 협조해야 하는데 사사건건 트집 잡고 생떼만 쓰니 어떻게 한 자리에 앉기나 하겠는가? 우리 당의 여러 정책들이 국민의 호응을 받지 못하는 것은 전혀 언론 때문이다.

믿지 않은 핑계와 가증스런 핑계. 지금 심한 가뭄으로 논바닥들이 쩍쩍 갈라지고 있다. 미리 대비했다면 피할 수도 있는 재해다. 그런데 이를 천재(天災)로 돌린다면 이는 어떤 핑계일까? (- 2001)

# 칠월칠석의 은하수
## 七夕

　오늘이 칠월칠석이다. 견우(牽牛)와 직녀(織女)가 1년에 한 번 은하수에서 만나는 안타까운 날이다. 견우는 소 몰고 농사짓는 총각, 직녀는 외짝 짚신 신고 베 짜는 처녀. 다음은 그들의 애끓는 사랑을 읊은 원수향각(元繡香閣)[1]의 시 《七夕》이다.

　　칠월칠석 새벽에 까막까치 모여서
　　은하수에 오작교[2] 덩그렇게 놓았네.

　　한해에 한번뿐인 애끓는 만남이라
　　그 눈물 비가되어 천지가 아득하네.

---

1)　元繡香閣 : 미상.
2)　烏鵲橋 : 까마귀〔烏〕와 까치〔鵲〕가 놓은 다리.

烏鵲晨頭集絳河, 勉敎珠履涉淸波[3].
一年一點相思淚, 滴下人間雨脚多[4].

──〈大東詩選〉(漢詩, p.464)

　나는 칠월칠석의 이 아름다운 전설을 우리 어린이들에게
들려 주고 싶어서 글 한 편을 쓴 일이 있다. 제목은 〈은하
수〉, 지면에 맞게 조금 줄여서 옮겨 본다.

　나는 하늘에 사는 작은 별입니다. 어젯밤은 칠월칠석, 은
하수에 나가 보았습니다. 굴이 여전히 맑았습니다. 땅에 사
는 까마귀와 까치들이 다 모여 서로 몸을 잇대어서 다리를
놓았습니다.

　이윽고 우리 동무 별들이 가장 밝고 푸르게 빛날 때였습니
다. 은하수 이쪽에서 초조히 기다리던 견우 도령님의 두 눈
이 반짝 빛났습니다. 순간, 도령님은 벌떡 일어났어요. 그리
고는 천천히 손을 흔들며 날리듯 다리를 향해 갔습니다. 다
리 저쪽에선 직녀 아씨가 너울너울 손을 흔들며 다가오고 있
었습니다.

　마침내 견우 도령님과 직녀 아씨는 까막까치가 놓아 준 다
리 위에서 서로 얼싸안았습니다. 긴긴 1년을 기다려서 만나
는 둘의 마음은 얼마나 기쁠까요? 하지만 머잖아 날이 밝습
니다. 까마귀와 까치들이 흩어지기 전에 둘은 헤어져야 합니

---

3) 珠履 : 구슬신, 즉 구슬신 신은 직녀.

4) 人間 : 사람 사는 세상.

제 3부 함부로 떠날 일이 아니다　329

다. 서로 안타깝게 바라보며 헤어지는 둘의 마음은 또 얼마
나 슬플까요?

맑은 물 흐르는 은하수는 아름다운 곳입니다. 하지만 삶의
기쁨과 슬픔이 있는 것은 여느 곳과 다름이 없나 봅니다.[5]

그런데 이 글을 다시 읽으면서 한 가지 걱정이 생겼다.

"홍, 그런 견우가 어디 있어? 1년에 한 번 만나자고 열두
달을 힘들게 소 몰며 기다려?"

"홍, 그런 직녀가 어디 있어? 1년에 한 번 만나자고 열두
달을 힘들게 베 짜며 기다려?"

내 글을 읽은 어린이들이 이렇게 홍 하며 코방귀나 뀌면
어찌할까? 아니, 아닐 것이다. 순수한 그들은 참사랑을 알
것이다. (- 2001)

---

5) 졸저 : 〈빛깔들의 합창〉.

# 착한 아내들이여
## 江村即事

어선(漁船) 두어 척이 바다에 떠 일을 한다. 비가 내린다. 어부들이 빗속에 그물을 끌어올린다. 싱싱한 바다 고기들이 갑반 위에 쏟아져 펄펄 뛴다. 빗물 흐르는 어부들의 얼굴에 활기가 넘친다.

나는 텔레비전으로 이 광경을 보면서, 그러나 얼마나 힘들까 하는 생각을 했다. 정말 힘들 것이다. 그럼 어부들의 이 힘든 삶을 이해하고 위로할 사람이 누구일까? 부모, 형제, 자식, 그러나 누구니 누구니 해도 첫째는 그의 아내일 것이다. 다음은 어느 여류 시인이 어부의 아내가 되어서 지은 시다. 제목은 〈강촌즉사(江村即事)〉.[1]

강에는 산 그림자, 해는 지는데
어부들 노랫소리, 노 저어 오네.

---

1) 江村即事 : 강마을을 즉흥으로 읊음. 지은이는 이씨(李氏)라고만 전한다. 기타는 알 수 없다.

알겠네, 바다에서 비 맞은 줄을.
도롱이 젖은 채로 걸려 있는걸.


山影倒江掩夕扉, 漁歌欸乃帶潮歸.[2]
知爾來時逢海雨, 船頭斜掛綠蓑衣.[3]

── 〈大東詩選〉 (漢詩, p.476)


어느 강마을을 상상해 보자. 뒤에는 산이 있고 앞에는 강이 흐른다. 그 강을 빠져나가면 바로 바다다. 그 강마을에 한 어부의 아내가 있다. 저녁때다. 그녀가 혼자 강으로 나간다. 남편을 마중하러 가는 길이다. 강물 위에 거꾸로 비친 산 그림자가 아름답다.

멀리 뱃노래가 들려 온다. 남편과 그 동료들이 부르는 노래다. 여인은 얼마나 마음이 든든했을까? 이윽고 배가 와 닿는다. 여인이 다가간다. 바닷비 맞은 젖은 도롱이가 뱃전에 그냥 걸려 있다. 여인은 또 얼마나 가슴이 아팠을까?

"비 많이 맞았나 봐요."

여인이 속삭이듯 말한다. 어부는 착한 아내의 이 말 한 마디로 바닷비 맞아 힘들었던 하루를 말끔히 잊는다.

요 며칠 전 신문에서 초강지처(超强之妻)라는 말을 보았다. 시도 때도 없이 남편을 폭행하는 어느 초강의 아내를 일컫는 말이다. 결국 남편은 이혼 소송을 냈다고 한다. 그 초강의 아내가 이 시를 읽는다면 이해할 수 있을까?

---

1) 欸乃 : 어부가 노를 저으며 부르는 노래. 도가(棹歌).

2) 綠蓑衣 : 푸른 도롱이.

착한 아내들이여, 세상에는 편하게 사는 남편들도 있겠지만, 대부분의 남편들은 이 시의 어부처럼 고달프다. 날마다 세찬 바닷비에 도롱이 마를 날이 없다. 다만 그 처자식을 생각하며 그 고달픔을 참을 뿐이다. (이 말을 오해하여, 그러면 아내들은 편한 줄 아느냐, 이렇게 말하건 안 된다.) 그걸 이해하고 위로할 사람이 누구인가? 오늘은 삼겹살에 소주 한잔 따르며 속삭여 보자. 착한 아내들이여.

"바닷비 힘들지요?" (- 2001)

# 상여꾼의 노래
## 挽人

광화문에서 버스를 타고 미아리를 가자면 서울의대에 부
설된 장례식장 앞을 지나게 된다. 나는 개인적인 일로 해서
이 길을 자주 다니는데, 그 앞을 지나노라면 공연히 삶과 죽
음에 관한 생각들이 두서 없이 떠오르곤 한다. 어느 날 나는
또 그런 생각들에 잠겼다가 채소염(蔡小琰)[1]의 〈만인(挽
人)〉[2]을 되뇌인 일이 있다.

보셔요, 저 무덤의 슬픈 모습들.
한번 가면 못 오는
저승 아녀요.

부귀(富貴)로 죽음을 면한다면야

---

1) 蔡小琰 : 연대 미상의 양덕(陽德, 평안남도) 기녀.
2) 挽人 : 사람의 죽음을 애도함. 挽에는 상여꾼의 노래라는 뜻도 있다. 이
   시는 상여꾼의 노래로 읽을 때 더 실감이 난다.

왕후(王侯)가 무슨 일로
저기 있나요.


傷心最是北邙山,[3] 一去人느不再還.
若爲死生論富貴,  王侯何在夜臺間.[4]

　　　　　　　　—— 〈大東詩選〉(漢詩, p.494)


"보셔요, 저 무덤의 슬픈 모습들."
"어헝, 어헝."
"한번 가면 못 오는 저승 아녀요."
"어헝, 어헝."
상여가 나가고 있다. 무거운 걸음으로 천천히 나가고 있다. 상여꾼의 노랫소리가 빈 하늘에 퍼진다. 뒤따르는 사람들의 슬픈 가슴 가슴에도 와 사무친다. 요령 소리가 구슬프게 울린다.
　늙으면 죽는 것이 자연의 이치라지만, 그런 이치를 아무리 잘 알아도 죽음은 슬픈 것이다. 떠나는 이, 보내는 이, 북망산 저 많은 무덤들 중 안 그런 사람 있는가? 부귀한 왕후장상(王侯將相)도 빈천한 여항백성(閭巷百姓)도 다 마찬가지다. 거기 무슨 다름이 있겠는가?
　"부귀로 죽음을 면한다면야."
　"어헝, 어헝."

_______________

3) 北邙山 : 중국의 묘지로 유명한 산. 여기서는 무덤으로 이해할 일.
4) 夜臺 : 무덤.

“왕후가 무슨 일로 저기 있나요.”

“어헝, 어헝.”

나는 버스로 장례식장 앞을 지나면서 삶과 죽음에 관한 이런저런 생각에 잠기지만, 결론은 늘 비슷하게 난다. 그 결론이라는 것은 내가 나를 타이르는 형식으로 되어 있다.

“정진권군, 자연의 섭리에 맡겨 두게. 하느님의 뜻에 맡겨 두게. 죽음 같은 것 생각지 말고 현재를 열심히 살게. 죽음은 새로운 세계로 들어가는 관문임을 믿고 그 이상은 생각지 말게.” (- 2001)

한시(漢詩)가 있는 에세이　　　값 6,000원

| | | |
|---|---|---|
| 2002년　9월　5일　초판　1쇄　발행 |
| 2003년　8월　5일　초판　2쇄　발행 |

지은이　정　진　권
펴낸이　윤　형　두
펴낸데　범　우　사

등　록　1966. 8. 3.　제 10-39호
121-130　서울시 마포구 구수동 21-1호
전　화　717-2121·2122/FAX 717-0429

＊ 파본은 교환해 드립니다.　　　교정·편집/김영석·김지선

ISBN 89-08-03283-5 04810　（홈페이지) http://www.bumwoosa.co.kr
　　　89-08-03202-9 (세트)　（E-mail) bumwoosa@chollian.net

# 출판 36년이 일궈낸 세계문학의 보고

대학입시생에게 논리적 사고를 길러주고 대학생에게는 사회진출의 길을 열어주며,
일반 독자에게는 생활의 지혜를 듬뿍 심어주는 문학시리즈로서
범우비평판은 이제 독자여러분의 서가에서 오랜 친구로 늘 함께 할 것입니다.

( 全册 새로운 편집 · 장정 / 크라운변형판)



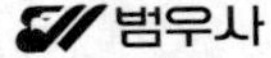



서울시 마포구 구수동 21-1호
TEL 717-2121, FAX 717-0429
http://www.bumwoosa.co.kr
(E-mail) bumwoosa@chollian.net

# 범우학술·평론·예술

독서의 기술  모티머 J. / 민병덕 옮김
한자 디자인  한편집센터 엮음
한국 정치론  장을병
여론 선전론  이상철
전환기의 한국정치  장을병
사뮤엘슨 경제학 해설  김유송
현대 화학의 세계  일본화학회 엮음
신저작권법 축조개설  허희성
방송저널리즘  신현응
독서와 출판문화론  이정춘·이종국 편저
잡지출판론  안춘근
인쇄커뮤니케이션 입문  오경호 편저
출판물 유통론  윤형두
통합적 마케팅 커뮤니케이션  김광수(외) 옮김
'83~'97 출판학 연구  한국출판학회
자아커뮤니케이션  최창섭
현대신문방송보도론  팽원순
국제출판개발론  미노와 / 안춘근 옮김
민족문학의 모색  윤병로
변혁운동과 문학  임헌영
조선사회경제사  백남운
한국정치의 이해  장을병
조선경제사 탐구  전석담(외)
한국전적인쇄사  천혜봉
한국서지학원론  안춘근
현대매스커뮤니케이션의 제문제  이강수
한국상고사연구  김정학
중국현대문학발전사  황수기
광복전후사의 재인식 I, II  이현희
한국의 고지도  이 찬
하나되는 한국사  고준환
조선후기의 활자와 책  윤병태
신한국사의 탐구  김용덕
독립운동사의 제문제  윤병석(외)
한국현실 한국사회학  한완상

아동문학교육론  B. 화이트헤드
한국의 청동기문화  국립중앙박물관
겸재정선 진경산수화  최완수
한국 서지의 전개과정  안춘근
독일 현대작가와 문학이론  박환덕(외)
정도 600년 서울지도  허영환
신선사상과 도교  도광순(한국도교학회)
언론학 원론  한국언론학회 편
한국방송사  이범경
카프카문학연구  박환덕
한국민족운동사  김창수
비교텔레콤論  질힐 / 금동호 옮김
북한산 역사지리  김윤우
한국회화소사  이동주
출판학원론  범우사 편집부
한국과거제도사 연구  조좌호
독문학과 현대성  정규화교수간행위원회편
겸제진경산수  최완수
한국미술사대요  김용준
한국목활자본  천혜봉
한국금속활자본  천혜봉
한국기독교 청년운동사  전택부
한시로 엮은 한국사 기행  심경호
출판물 판매기술  윤형두
우루과이라운드와 한국의 미래  허신행
기사 취재에서 작성까지  김숙현
세계의 문자  세계문자연구회 / 김승일 옮김
불조직지심체요절  백운선사 / 박문열 옮김
임시정부와 이시영  이은우
매스미디어와 여성  김선남
눈으로 보는 책의 역사  안춘근·윤형두 편저
현대노어학 개론  조남신
교양 언론학 강좌  최창섭(외)
통합 데이타베이스 마케팅 시스템  김정수
문화간 커뮤니케이션의 이해  최윤희·김숙현

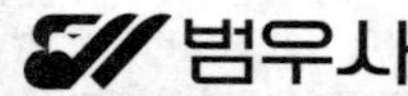


서울시 마포구 구수동 21-1
전화 717-2121 FAX 717-0429

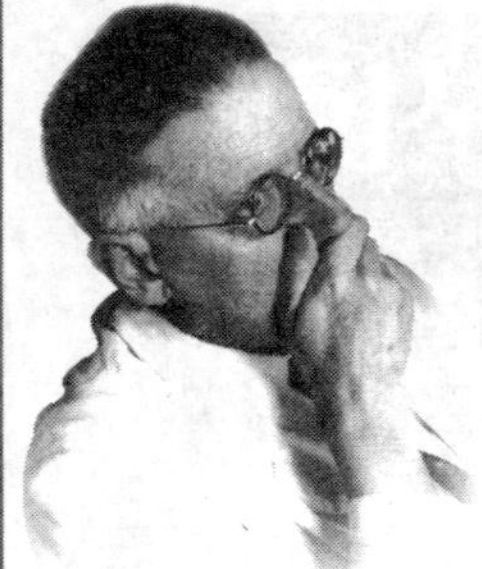

20세기 최고의 모더니스트 제임스 조이스의 정수(精髓)를 맛본다!

# 제임스 조이스 전집

### 김종건(고려대 교수) 옮김

한국 제임스 조이스 학회장 김종건 교수(고려대 영문과)가 28년간에 걸쳐
우리 말로 옮긴 제임스 조이스 전집의 결정판이다.
고뇌와 정열이 낳은 이 일곱 권의 책을 통해 우리는 비로소
진정한 모습의 조이스를 만날 수 있다.

전 7 권

비평판세계문학선 **9**

## 더블린 사람들-❶

제임스 조이스 지음/김종건 옮김

'의식의 흐름' 이란 수법을 대담하게 소설에 도입, 현대문학에
큰 영향을 미친 제임스 조이스의 단편(短篇) 모음집. 더블린 시
민들의 삶의 단편들을 열거함으로써 내재되어 있는 정신적 마비
의 양상을 특유의 에피파니(Epiphany)를 통해 묘사하고 있다.

크라운변형판/448쪽/값 10,000원

## 율리시즈(전 4 권) -❷-❸-❹-❺

제임스 조이스 지음/김종건 옮김

현대 인간 심리의 백과사전적 총화(總和)로 불리우는 제임스 조
이스의 대표작! 가장 행복한 장수(長壽)의 책, 난해한 책, 인간
희극으로 읽으면 읽을수록 위대한 고전 등으로 불리는 조이스
최대의 걸작소설로서 원고지 1만 8,000장으로 옮긴, 한국 최초
의 완역본(개역본)이다.

크라운변형판/(1)464쪽(2)464쪽(3)416쪽(4)416쪽/각권 값 10,000원

## 젊은 예술가의 초상-❻

제임스 조이스 지음/김종건 옮김 404쪽

〈젊은 예술가의 초상〉은 스티븐 디덜러스라는 한 젊은 예술가의
성장을 그린 대표적 교양소설이라 할 수 있다.
작가는 의식의 흐름, 에피파니, 신화 구조 등과 같은 새로운 소
설 기법을 사용함으로써 주인공의 인생에 대한 도약과 그의 예
술세계의 창조를 향한 웅비를 가장 고무적으로 다루고 있다.

크라운변형판/400쪽/값 10,000원

## 피네간의 경야(抄)·詩·에피파니-❼

제임스 조이스 지음/김종건 옮김 339쪽

**피네간의 경야(經夜)(抄)**
그 아름다운 낭만성과 서정성 및 언어의 율동성으로 세계문학사
상 산문시의 극치를 이룬다.

**조이스의 시(詩)**
〈실내악〉, 〈한푼짜리 시들〉 등은 전원(田園)과 도시의 아름답고
서정에 넘치는 우아한 교향시들이다.

**에피파니(Epiphany)**
작가가 구상했던, 품위있는 운문에 대한 사실적 산문 대구로 이
루어진 일종의 산문시라 할 수 있다.

크라운변형판/352쪽/값 10,000원

범우사  서울시 마포구 구수동 21-1호 TEL 717-2121, FAX 717-0429
http://www.bumwoosa.co.kr (천리안·하이텔 ID) BUMWOOSA

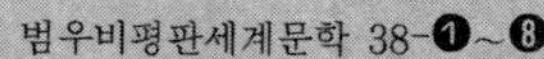

범우비평판세계문학 38-①~⑧
책 속에 영웅의 길이 있다…!!

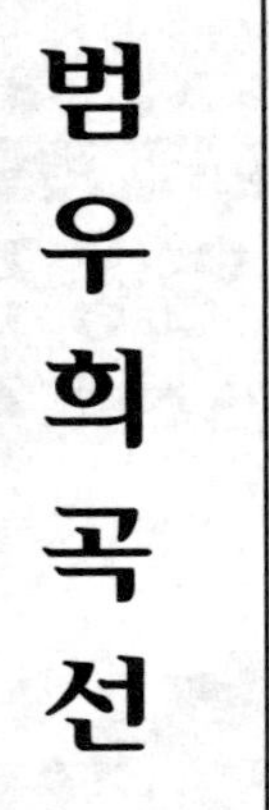



1 세일즈맨의 죽음 아서 밀러/오화섭 옮김
고도로 발달된 산업사회에서 생겨난 물질 만능주의. 내적 갈등을
예리하게 파헤친 밀러의 대표작.

2 코카시아의 백묵원 베르톨트 브레히트/이정길 옮김
동독의 극작가로서 현대극의 완성자라 불리는 브레히트의 시적 ·
서사적 대작.

3 몰리에르 희곡선 몰리에르/민희식 옮김
희극작가로 유명한 몰리에르의 작품 〈서민귀족〉, 〈스카펭의 간계〉,
〈상상병 환자〉를 모았다.

4 간계와 사랑 프리드리히 실러/이원양 옮김
괴테와 함께 고전주의의 쌍벽을 이루는 독일의 시인이며 극작가인
실러의 희곡.

5 욕망이라는 이름의 전차 테네시 윌리엄스/신정옥 옮김
미국 희곡의 금자탑, 극문학의 정점.
옛 추억과 이상 속에서 사는 삶과 비열한 삶의 대립.

6 에쿠우스 피터 셰퍼/신정옥 옮김
현실의 굴레와 원초적 욕망 사이에서 분열된 삶의 절규와
인간의 자유를 심도있게 표출.

7 뜨거운 양철지붕 위의 고양이 테네시 윌리엄스/오화섭 옮김
현대문명이 지닌 인간의 온갖 죄악과 부패와 비정상적 관계인
한 가족을 다룬 작품.

8 유리동물원 테네시 윌리엄스/신정옥 옮김
겨울안개처럼 슬픔의 빛깔과 가락만을 간직한 사람들이 엮어내는
환상의 추억극.

9 빌헬름 텔 프리드리히 실러/한기상 옮김
완전무결한 존재의 자유와 현실세계의 조화를 위해 투쟁하는 인간의 모습을
그린 작품.

10 아마데우스 피터 셰퍼/신정옥 옮김
인간의 원초적 감정의 실체를 날카롭게 파헤친 무대언어의 마술사
피터 셰퍼의 역작.

11 탤리 가의 빈집(외) 랜퍼드 윌슨/이영아 옮김
현대의 체호프라 불리는 윌슨의 대표적인 작품
〈탤리 가의 빈집〉과 〈토분 쌓는 사람들〉 수록.

12 인형의 집 헨리 입센/김진욱 옮김
개인과 가정과 사회의 관계 속에서 일어나는 갈등과 모순을
사실주의적으로 드러낸 입센의 회심작.

13 산 불 차범석 지음
민족사의 비극을 바탕으로 인간 본연의 삶과 사랑에 대한 갈증을
그려내고 있는 한국 리얼리즘 희곡의 걸작.

14 황금연못 어니스트 톰슨/최 현 옮김
노부부의 사랑과 신뢰. 죽음을 앞두고 겪는 인간적 갈등과
초월을 다룬 작품.

15 민중의 적 헨리 입센/김석만 옮김
지역 온천개발을 둘러싸고 투자자인 지역주민들과
개발계획자들 간의 흥미있는 대립을 그린 입센의 대표 작품.

16 태(외) 오태석 지음
생의 근원적인 문제를 신화적. 우의적인 형태로 표현한 가장 한국적인 작품.

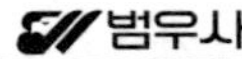 범우사

서울시 마포구 구수동 21-1호 TEL 717-2121, FAX 717-0429
http://www.bumwoosa.co.kr (천리안 · 하이텔 ID) BUMWOOSA